星槎大学教養シリーズ 2

奇跡 三六〇〇日の

「がん」と闘う舞姫

吉野ゆりえ

星槎大学
星槎大学出版会

10 年生存を達成して。カワズザクラと（静岡県河津町）

ミス日本を獲得した著者

現役引退後、競技会で審査員を務める著者

引退となったダンスの国際競技会決勝を踊る

5年生存達成のお祝いに届けられたプレゼントと

リレーフォーライフジャパン茨城にて。参加者全員でAKB48の『心のプラカード』を踊った

三六〇〇日の奇跡

「がん」と闘う舞姫

◉もくじ

装幀　山本太平

1

#「がん」と闘う舞姫

chapter 1

「舞姫」誕生――突然の発病

父と兄の分まで「生きる」

この筆を執るまでの八年で、一一度の手術。

希少がんである「肉腫（サルコーマ）」に罹患し、今もなお闘い続けている私は、九州は大分県三重町に生を享けました。そこは、豊後の国第一の古刹であり、日本一といわれる千体の薬師如来立像を有する内山観音の近くでした。薬師如来は病気平癒のご利益があるといわれています。これを今世の縁というのか、皮肉なめぐり合わせとでもいうのでしょうか？

雪のように真っ白な肌を持った待望の女児がやっと誕生し、両親はもとより、九歳差と六歳差の二人の兄たちも大喜びしたそうです。七人兄妹の末っ子である母のこれまた末っ子である私の誕生に、親戚一同が喜びにわいたようでした。

「立てば芍薬、座れば牡丹、歩く姿は百合の花」を期待したかどうかは定かではありませんが、そんなまわりの愛情に包まれて生まれた私は、「ゆりえ」と名付けられました。足の指の長さが普通の赤ちゃんの二倍ほどもあり、「きっと背が高くなるよ」と皆が口々に言っていたのが真になり、現在では一七〇センチの長身に育ちました。

そんな初めての女児で、歳の離れた兄二人のいる末っ子でしたから、ご多分に洩れず甘えん坊に育ちました。しかし、小児ぜんそくで身体が弱かったにもかかわらず、昔気質で九州男児の父は厳しく私を躾けました。少しでも悪いところがあると、情け容赦なくほっぺたを「はつる」(大分弁で叩くこと)父でした。九州女の母は「健康であればいい」「女は愛嬌」という方針で育て、おかげさまで、小学校に上がる頃には小児ぜんそくもすっかり治り、ひまわりのように明るく天真爛漫な娘へと成長しました。

父が国家公務員だったため、幼い頃からよく引越しをしていました。小学校に上がってもそれは変わらず、二~三年に一度は転校を繰り返していました。今のように「いじめ」がそれほど問題になるような時代ではありませんでしたが、転校当初は学校毎の常識というものを理解しようと努めましたし、成績が良ければ「仲間はずれ」というものはないだろうと、勉強にも励みました。子ども心に、新しい環境に早く順応しようとしていたように思います。

中学に上がると、入学したばかりの慣れない新しい土地で、父が突然天に召されました。今で言うところの「過労死」でした。兄二人は家を出て大学に通っていたため、一旦母の田舎へ身を置きました。しかし、長兄が大学を卒業し、大分にある外資系企業に就職をしてくれたのと、私の教育のことを考えて、私が中学二年の春に家族は大分市内に引越しをしました。

最愛の父親を亡くしたショックは、中学生になったばかりの私には大きな影を落としましたが、家族としての最後の引越しにより落ち着いたのか、私は徐々に本領を発揮することになります。当時大変お世話になった中学の担任は、「負けず嫌いが服を着て歩いている」とまで私を評しました。

その甲斐あってか、地方ではありますが、県下一の進学校に入学することができました。しかし、入学式で新入生代表として挨拶をする私に対して囁かれたのは、「女のくせに」という心ない言葉でした。それが悔しくて悔しくて。

それに対して、「自分は勉強だけの人間ではない。それを見せつけてやる」という気概を持って、私は高校生活を送りました。陸上部と放送部に入部し、弁論では毎年全国大会で入賞。積極的に生徒会活動をし、毎月お菓子を作っては高校近くの老人ホームに慰問を続けました。脇目もふらず障害を取り除きながら実行していく私を、今でも仲良しの当時の生徒会長は、「ブルドーザー」と名付けたほどでした。

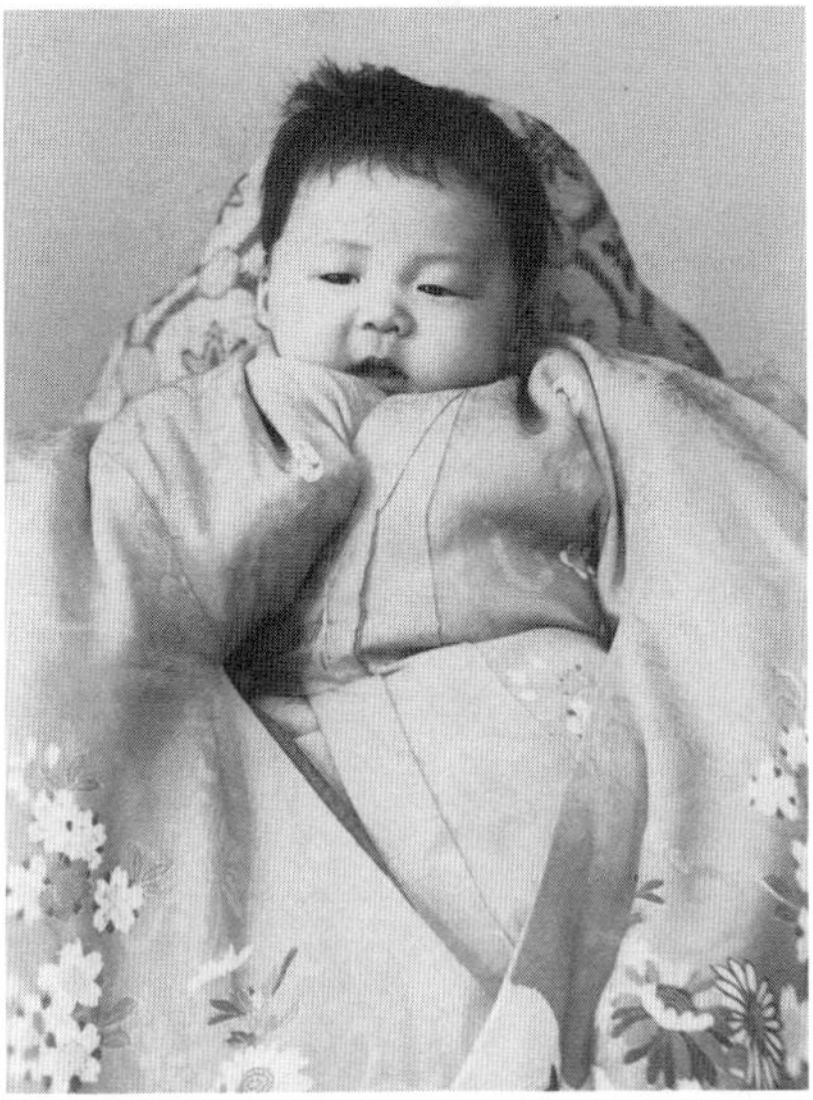
生後まもなくの著者

そんな私に、高校三年生の時に肉親との二度目の別れが訪れました。福岡の大学に通っていた次兄が、突然死してしまったのです。

大学の寮の広間で布団に横たわる兄。その布団に覆いかぶさって、私はその夜大きな声を上げて泣き続けました。涙が涸れることは一瞬たりともありませんでした。

しかし、自分の産んだ子どもが自分よりも先に逝ってしまう、そんな何よりもつらい事実を突きつけられた母は、立つことすらできなくなってしまいました。その母の様子を見て、私は決心しました。「もう二度と、母の前で泣かない」と。

大分に帰り、母と長兄と私の三人の生活に戻りました。しかし、ぽっかり空いた心の穴はなかなか埋まることはありませんでした。私は、高校で、母の前で、いつも笑顔でいました。しかし、唯一自分の部屋では、母に聞かれないようにと声を殺して泣き続けました。それは、三カ月にも及んだのです。

そんな時、お参りにみえた次兄の親友からこんな話を聞きました。「僕の唯一の自慢は、妹なんだよ」。次兄は生前いつもこのように話していたそうです。こんなことではいけない。父の分も次兄の分も含めて、私は人の三倍有意義に生きなくてはならない。それが私の生きる意味であると、この時強く感じたのです。

高校三年生の時がちょうど国際平和年であり、その内容の弁論をしたこともあり、大学は筑波大学の国際関係学類へと進みました。国連か外務省へ勤めて国際平和へ貢献したいとの、今考えると赤面しそうな大志を抱いてのことでした。

しかし、大分以外の、否、九州以外の大学に進学することにあたっては、母からの大反対を受けました。母の気持ちは痛いほどよくわかっていました。でも、自分の夢はどうしてもあきらめたくはありませんでした。そんな時、長兄が助け船を出してくれたのです。「ゆりえはこのまま大分に留めておく娘ではないよ。大学四年間は関東へ出してやって欲しい。すべての責任は僕が持つから」。男気のある長兄の、なんとも力強いありがたい言葉でした。

こうして、母や長兄の溢れる愛情を受け、父と次兄の「生」を背負った私は、アゲハが蛹から蝶になるがごとく、その時まさに羽ばたこうとしていました。

競技ダンスとの出合いと「ミス日本」

国際平和へ貢献したいとの大志を持って入学した筑波大学で、私の人生を左右する重大なものに出合うことになるのです。

国際関係学類というのは、当時筑波大学で最も新しい学類でした。他の大学にもほとんどない珍しい、かつ国際化時代に大人気の学科でした。私は四期生だったので、私たちの代でやっと一年生から四年生までが揃った状態でした。そして、一学年が四〇名しかおらず、全学年が揃っても一六〇名。帰国子女の多い、とてもアットホームな、仲の良い学類でした。

入学するとまもなく、「オリエンテーション」という名目で国際関係学類の全学年で温泉一泊合宿がありました。その夜の懇親会で、当時三年生だった学類のムードメーカーの男の先輩が司会をしていた時のこと。私を見つけるやいなや、「君はダンスをするために生まれてきた人だ！」と、みんなの前でマイクを通して発したのです。その瞬間は何を意味しているのか理解できませんでした。聞けば、競技ダンス（社交ダンスの競技）の学生サークルの主将を務めているとのこと。長身の私を見て、ダンスに向いていると直感したのでしょうか。

競技ダンス部の主将からの強い勧誘と、当時は競技ダンスを指導する「ダンス教授所」が何故だかまだ風俗営業法の範疇にあって、スタートがみんな一八歳以上ということから、負けず嫌いの私にはとても魅力的に映りました。そんなこんなで、競技ダンス部に入部をし、競技ダンスの世界へ足を踏み入れることになったのです。
当時の筑波大学は、実は学生競技ダンスの世界では、いわゆる「弱小校」でした。しかし、私が勧誘を受けた主将の代からは、部のダンスの方向性を「社交」ではなく「競技」と位置付け、自分のことより後輩のことを優先して、熱心に指導をしてくださいました。その熱心な勧誘と指導の甲斐あって、私たちの代は、かつて考えられないほどの人数が入部し、かつ一年生の最初の競技会から決勝戦はほとんど筑波大学のカップルで占めるという快挙を遂げ、「強豪校」へと成長していきました。

しかしながら、それでも飽き足らなかった私は、大学四年生の時に、ターンプロ（アマチュアからプロへ転向）することとなります。他校で二学年上の全日本学生チャンピオンだった先輩が、大学を卒業後ターンプロをしていて、パートナーになってくださいませんか？との誘いがあったからです。今では学生がプロのパートナーになることはそれほど珍しいことではありませんが、当時は珍しいだけでなく、プロが学生の有望なパートナーを引き抜いてしまう「禁じ手」のように考えられていました。それでも私はプロの道を選び、学生と競技ダンスのプロの二足のわらじを履くことになりました。とは言っても、大学三年間でほとんどの単位を取っていたので、大学四年生の時はつくばではなくほとんど東京にいたような状態でした。

また、ひょんなことからキャンペーンガールなどをさせていただいており、気がついてみると「ミス日本」も獲得していました。

学生でありながらプロの競技ダンサーとして活躍させていただいていた私は、在学中にアメリカでのダンス短期留学も経験しました。留学から戻るとすぐに卒論の提出が控えており、この時ばかりは五日間一睡もせず、当時のワープロを打ち続けたのでした。私は国際関係学類であったため、「社会学的」な論文を必要とされ、日本における社交ダンス（競技ダンス）の歴史と風俗営業法との関係というような内容の卒論を書かせていただきました。

大学で初めて出合った競技ダンス。それからというもの、私は時間も労力もほとんどを費やし、卒論もダンス関連、決まっていた就職の内定も断り、ダンスにすべてをかけたといっても過言ではない大学生活を送りました。卒業を目前に控え、そんな卒業後のプロに集中できる生活に期待と希望で胸を躍らせていた私に、予想外のことが起こりました。

それが、ダンスにおける「カップル解消」だったのです。自分なりに精一杯取り組んでいたつもりでしたが、それでも「大学生」としての自分に甘えていたのかもしれません。

父と次兄を突然に亡くすという大きな哀しみは経験してきました。それを乗り越え、強く生きてきたつもりです。

しかし、ありがたいことに様々な才能と機会を享受してきた私にとっては、このカップル解消は人生初めての挫折だったといえるのではないでしょうか。

ミス日本を獲得した著者

大学は卒業をしました。

大学院に行くには一年待たねばなりません。ダンス以外の就職はすでにお断りしています。ミス日本にもなりました。ここで、他にもいろいろな可能性を探ってみましたが、それでもなお、まだダンスを踊りたいという気持ちは冷めませんでした。

幸いにもこの時もいくつかのパートナーのお話をいただきました。その中で、やはり学生競技ダンス出身の、私と身長のバランスが最高に良いプロの方とカップルを組むことにしました。これまでは大学生という身分でしたが、これからはそんなエクスキューズの効かない、一人の自立したプロとしての挑戦が待ち構えているように思えました。

プロダンサーとしての活躍と「カップル解消」

大学を卒業後、新しいパートナーが所属する東京池袋のダンススタジオに私も所属し、住まいも東京へ移しました。当時のダンス界は、師匠のスタジオに弟子として勤務することが普通でした。ある意味「徒弟制度」のような厳しさがありました。なので、スタジオでは一番「下っぱ」からのスタートでした。

しかし、幸運にも、ボールルーム部門（競技ダンスにはボールルーム部門とラテンアメリカン部門とがある)[※1]にデビューすると、ノービス級競技会、D級競技会と立て続けに優勝し、二週間でC級に昇級しました。B級在籍中には、上位クラスの競技会である選手権(選手権とはA級の競技会)の決勝にも入賞し、デビューから三年でA級に昇級。[※2]二六歳の時には、全日本選手権で決勝入りし、世界で最も権威のあるブラックプール選手権(全英選手権)でもラスト24(世界の準々決勝・一三〜二四位)に入ることができました。

ダンス競技会での著者

このように、それなりの成績を上げるようになったのには、大きな転機がありました。それは、「英国留学」です。

デビュー当初から私たちのカップルを高く評価してくれていた、当時の世界チャンピオンであるマーカス&カレン・ヒルトンを頼って、二四歳の時に初渡英。それからというもの、世界の三大大会であるＵＫ選手権・ブラックプール選手権・ロンドンインターナショナル選手権の一～三カ月前には渡英、選手権出場後に帰国し、国内の三大大会に出場するという生活が、一〇年近く続きました。

英国に留学をするにあたって、日本の師匠から私たちへ出された条件は、「結婚」をするということでした。「私たちを日本のチャンピオンに」という期待は、師匠はもとよりまわりからも高く、充実した留学生活を送り、まわりが願うような成績を出すためにも、この条件は必須と考えられたからでした。元々、兄妹のように仲が良かった私たちは、このことに異存はありませんでした。

ありがたいことに、私たちのカップルはマーカス＆カレンから弟妹のように可愛がっていただき、そして彼らから紹介していただいた錚々たる歴代のチャンピオンたちのレッスンも受けることができ、有意義な英国留学生活を送ることができました。

それに伴い、競技ダンスの成績も安定してきました。英国における競技会でも、海外の強豪選手を押しのけ、日本人でありながら優勝したこともあります。しかしながら、私の中には不完全燃焼なものが溜まり始めました。確かに、日本でも世界でもある程度の成績は獲ることができます。マーカス&カレンは、本人たちと身長もスタイルも酷似している私たちに、この方向性で正しいと言います。私自身も、自分のパートナーにはこの方向性は合っていると思いました。しかし、英国で様々なコーチャーのレッスンを受けるにつれ、私は自分たちに求められているスタイリッシュでパワフルな踏風よりも、よりソフトで表現力豊かな踊りをしたいという気持ちが段々と高まってきたのです。

今なら、プラスαをすれば良いと考えることもできるのですが、なにぶん血気盛んな若かりし頃のこと、この思いを抑えることはできませんでした。結果、一〇年という歳月にわたって「夢」と「仕事」を共有してきた「同志」とカップル解消をすることになりました。「世間知らずで能天気なお姫様」と言われてきた私が、その事の重大さに気づいた時にはすでに遅し。最後の砦である「プライベート」も解消し、離婚することとなったのです。

今思えば、二人ともダンスに対して真摯過ぎたのだと思います。その「真摯」な姿勢がいつしか「歪み」を生み、気がついた時には二人の「絆」まで崩壊させてしまっていたのでした。

それまで、すべて二人のためにと二人で考えて二人単位で行動してきたことを、すべて一人で考えて一人で行動しなければならない日々が待ち受けていたのでした。

現役からの「引退」と海外での緊急入院

競技ダンスにおける「カップル解消」と離婚。

自分たちの意思を第一に考えての結論でしたが、ある程度世界や日本のダンス界における成績があったため、その影響の大きさに、パートナーとの関係を修復しようと考えたこともありました。私たちは一対一の個人であるとともに、ダンスの弟子や生徒さん、ファンの方々にとっては公人であった訳です。しかし、それに気づいた時には、すでに時は遅かったのです。


競技ダンスの世界は、他の分野と較べても、かなり男性が優位な社会です。男性は「選手」であり、女性は「パートナー」でしかありません。背番号を男性が背負うがごとく、選手登録番号も男性のみに与えられます。ですから、獲得した成績やクラス（日本においては競技レベルの階級が存在する、その級のこと）は「選手」である男性にのみ与えられます。男性はパートナーを変えてもクラスは変わらず、女性はすべてを失うのです。もちろん女性も、磨いてきた技術は無くなるわけではありませんし、その優雅に舞う姿はダンス愛好家の目や心の中に焼きついて残ることでしょう。

また、男性はたとえ初心者をパートナーにしても、クラスを保持し競技会に出場できるのに対して、女性はかつて保持していたクラスから二階級以上低いクラスの選手とカップルを組んで競技会に出場することができない（女性の技術によって、選手である男性のクラスを上げてしまうため）など、「架空」のクラスによって制約を受ける等のハンディもあります。

私の場合は、日本においてトップに登りつめていたため、下のクラスの男性とカップルを組むことは不可能（ファイナリストはより条件が厳しい）でしたし、かつて組んでいた相手以上のダンスのパートナーを日本で見つけることは困難でした。もし私にとって競技を続ける可能性があったとすれば、海外の選手と組むことのみだったでしょう。

こうして私は、競技ダンスの現役からの「引退」を決意しました。

ただ「私らしく踊りたい」と願い、カップル解消と離婚をした私ではありましたが、皮肉にも「踊る」ことすら叶わなくなってしまいました。「私らしく」あったのは、その猪突猛進な決断と行動だったように思います。

大学を卒業後すべてのことを二人のために、二人で考え、二人で行動してきました。そのような状態が一〇年以上も続いた後に突然、それを自分だけのために、一人で考え、一人で行動することになりました。当初はもちろんさびしくもつらくもあり、とても戸惑い苦しみました。

そんな時、私の兄が毎週末のように上京しては、相談に乗ってくれました。離婚から二カ月ほど経ったある日、兄はこう切り出しました。「ゆりえ、もう過去は終わったんだ。すべてを捨てて、ゼロからやり直せ！」と。兄だけは私の気持ちをわかってくれていると思っていたのに……。そして、こう続けました。「ゼロからスタートする人間がどれほど強いか、お前にはわかるか？　お前がそうやってみてもしダメだったら、その時は俺が全部責任を取ってやる」。ありがとう、お兄ちゃん。涙が次々と溢れてきました。元々がゼロなら、一あればしあわせ。二あればもっとしあわせ。兄のおかげで、すべてのことに「感謝」の気持ちで向き合えるようになったのです。

私はその年の暮れ、元パートナーと一緒に所属をしていた東京・池袋のダンススタジオを一人でやめ、同じ所属団体も離れて、まっさらな状態で新たな人生を歩むことにしました。カップル解消や離婚はしたけれど、一〇年もの間公私にわたって苦楽を共にしたかつての「同志」です。彼がこれからの競技人生を全うしやすいようにと配慮した、私のせめてもの「感謝」の気持ちの表れでした。

引退となった国際競技会の決勝を武道館で踊る著者

私は、競技ダンスの現役を引退してから、プロやアマチュアの後進の指導に勤しみました。そして、それまでダンス界では出会うことのできなかった方々の知遇を得、出合うことのなかったコトやモノを体験することができました。おかげさまで、ダンスだけではなく様々な仕事やボランティアに携わることができるようになったのです。元々、じっとはしていられない上に、人様に喜んでいただくことにこの上ない喜びを感じてしまう性格のため、仕事やボランティアの数も量もどんどん増えていきました。

そんな多忙な最中、出張中のオーストラリアにおいて、私は腹痛のため倒れてしまいました。朝起きるとおなかに激痛が走り、滞在していた家の二階から一階へ転がり落ちるように降りました。仲間に助けを求め、一階のソファで安静にしてみたものの、一向によくなりません。

そこで、まず現地のスタッフに紹介してもらった私立のクリニックで診ていただきました。「大きな病院へ行った方がいいでしょう」と言われましたが、痛みがどんどん増したので、まずはこのクリニックでかなり強力な痛み止めを打っていただきました。それから、現地で一番評判のよい私立病院を紹介してもらい、その病院へ移動しました。病院の玄関にはすでに車イスが用意され、その車イスで病室へ直行し、緊急入院をしました。そこでCTとエコーで検査をした結果、「緊急手術も考えていましたが、良性の卵巣のう腫のように見受けられ、痛みも一旦治まったことだし、日本へ帰国してから再度検査をして治療を受けた方が良いのでは」とのことでした。

こうして、異国の地で体調不良で緊急入院をした私は、病名もはっきりしないまま、不安を抱えながら帰国の途に就いたのでした。しかし、まさかこのことがそれからの自分の人生に大きな意味を持つようになろうとは、その時点では考えもつきませんでした。

chapter 2

ゼロからのリスタート──それを遮るもの

診断からセカンドオピニオンへ

日本に帰国するとすぐに、私が懇意にしている方から、ある大学病院の婦人科の外科医を紹介していただきました。その医師は当時、婦人科の良性腫瘍の腹腔鏡手術を、日本で一、二を争うほどこなしていた方でした。

ＭＲＩ（磁気共鳴画像診断装置）で検査をして診察をしてもらうと、「右の卵巣が四センチくらいに腫れているだけ。その腫れた卵巣がたまたま捻じれて、痛かったのでしょう」とのこと。腫れていただけなのね、良かったわ、と一安心しながらも、薬はないのですか、と尋ねてみました。すると、「病気じゃないから薬はないよ。これからは定期検診に来ればいいよ」とのことでした。それから、三カ月に一度の定期検診に通いました。

オーストラリアで倒れてから一年が経ち、年が明けた二〇〇五年一月。国内の出張先で、私は再び激痛に襲われました。飛ぶような勢いで東京へ戻り、通っている大学病院へ駆け込みました。すると画像検査によって、腹部に腫瘍が見つかったのです。しかもその腫瘍は、一〇センチ大にもなっていたのです。

「こんなになるまで、なぜ放っておいたんだ！」ときつく叱る医師に対し、腫れているだけだって言ったじゃない？ 定期検診でも大丈夫だって言っていたじゃない？との不信感が募りました。「たぶん子宮の外にできた子宮筋腫だろう。できるだけ早くに手術をしないと、これ以上大きくなったら腹腔鏡で手術ができなくなるからね」。その医師はそう言いながら、子宮筋腫や卵巣のう腫の腹腔鏡手術の説明資料を私に手渡しました。

それにざっと目を通した私は、最後の方にあった「子宮肉腫」の写真と文字が気になり、聞いてみました。すると、「それは悪性の場合の写真だよ。悪性は何万人に一人で、ほとんどあり得ないから、君のは良性。手術の空きを見ておくから、来週また来て」。そう言われ、良性で良かったわとは思いつつ、手術をしなくてはならないことを思うと、暗い気持ちで診察室をあとにしたのでした。

留学先のイギリスで両足の親指の巻き爪の手術をしたことはあるものの、大きな手術が初めてで不安だった私は、ホームドクターに相談をしてみました。このホームドクターには、オーストラリアで倒れてからの一部始終をすでに報告していました。するとく「セカンドオピニオンも聞いた方がいいんじゃないの？　MRIを借りておいで」とのアドバイスをいただきました。そんな失礼なことをしていいのかしら？　これから手術をしてもらうのに、先生が怒ったらどうしよう……と思い伺うと、「今やセカンドオピニオンは当たり前になっているからね。それで怒るような先生に、手術をしてもらいたい？　自分の身体を任せられる？　医者はたくさんいるから、その時は私が紹介してあげる」と。

次の週、私は大学病院へ向かいました。「四月に手術のキャンセルが出たから、そこに入れましょう」。その医師はそう言って、手術の予約表に私の名前とＩＤ番号を書き込みました。それを聞きながら、私は勇気を出して、しかし遠慮がちにこう切り出しました。「田舎の家族に手術のことを話したら、とても心配して、もう一人くらい意見を聞いてみたらどうかと言うんです。家族を安心させるためにセカンドオピニオンを聞いてみようかと思うのですが、ＭＲＩを貸していただけないでしょうか？」。

するとその医師は突然ムッとして、「君は何を言っているのか、わかっているのかね？私のところには、日本中からたくさんの患者が、やっとの思いでサードオピニオンやフォースオピニオンでたどり着くんだ。そんなことを言うのなら、手術は取り消しておくから！」。そう言うと、私の見ている前で、さっき手術の予約表に書き込んだ私の名前とＩＤ番号を修正液で消したのです。

ひどい、ひどすぎる。今どきこんな医者がいるなんて……。

しかし、その医師はハッと我に

現役引退後の多忙の中、競技会で審査する著者

返ったのか、もったいぶって言葉を続けました。「まあ、君もね、教授の紹介だから。また戻ってきて、どうしても私の手術を受けたいと言うんだったら、しないこともないけど」。

バカを言うんじゃないわ！　セカンドオピニオンって聞いただけで逆上して、でも教授の紹介だから、戻ってきたら手術をしないこともないですって？　そんなの、人の「生命」を預かる医者の言葉ではないわ。ただ権威にすがって生きているだけじゃない！　そんなの、こちらから願い下げよ！

昔から私は正義感が強かったので、こういう理不尽なことは絶対に許せませんでした。おなかの底から湧き起こる怒りを抑えながら、私は努めて穏やかに言いました。「先生、ありがとうございました。ＭＲＩはお借りしていきますので」。「いや、ＭＲＩはうちのものだから、持っていくんだったらコピーして！」。矛盾を感じながらも、私はグッと我慢しました。「わかりました。コピーして持っていきます」。

私は振り向きもせずに、診察室をあとにしました。今思えば、日本の医療に対する憤りを、この時すでに感じ始めていたのかもしれません。

セカンドオピニオンから手術へ

「田舎の家族を安心させるために」と、勇気を出して遠慮がちに切り出したセカンドオピニオン。

九年前（二〇〇五年一月）ではありませんでしたがセカンドオピニオンは当たり前になってきていた当時。前号にも書きましたが、最初に診ていただいた都内の私立大学病院の婦人科の医師（五〇代）は、そのことを聞くなり、「私のところには、日本中からたくさんの患者が、サードやフォースオピニオンでたどり着くんだ。だったら、手術は取り消しておくから」と言いながら、患者である私の目の前で、手術の予約表に書き込んだ私の名前とＩＤ番号を修正液で消したのです。あまりにひどい、今どきこんな医者がいるなんて……と心底から驚きました。

しかし、我に返ったのか、その医師はこう続けました。「君は教授の紹介だからね、戻ってきてどうしても私の手術を受けたいと言うのなら、しないこともないけど」。繰り返しになりますが、私はその言葉にとてもショックを受けました。そんなの、人の「生命」を預かる医者の言葉ではないわ！　正義感が強く理不尽なことが大嫌いな私は、この時そう心の中で叫んでいました。

おなかの底から湧き起こる怒りを抑えながら、私は努めて大人の対応をしました。私はその結果やっと手に入れたＭＲＩのコピーを持って、ホームドクターから紹介された、やはり都内の別の私立大学病院の婦人科の医師（四〇代）にセカンドオピニオンを聞きに訪れました。

そこには、福々しい顔をした感じの良い先生がいました。「ＭＲＩでもはっきりはわかりませんが、卵巣のう腫だと思います」。そう診断を受けて、卵巣のう腫か、最初にオーストラリアでもそう言われたなあ、などと思い出しました。一月に腫瘍があると言われてから、私はいろいろなことを調べ、たくさん疑問も出てきていました。それらをその先生に尋ねてみると、すべてにクリアに答えてくださったのです。

この先生なら信頼できる！　この先生に、私の手術をしてもらいたい！　そう思った私は、このことを先生に伝えました。すると、「わかりました。すでに腫瘍は一〇センチ大にもなっていますから、一刻も早く手術をしなければなりません。キャンセルが出たら、あなたの手術を一番に入れましょう」。そうおっしゃってくださったのです。

こうして、私の手術はセカンドオピニオンを受けた大学病院の先生によって行われることが決まりました。手術は怖いけれど、受けるしかない。病名も子宮筋腫なのか卵巣のう腫なのかはっきりしないけれど、どちらにせよ良性には変わりがないのだから、良かった。ただただ、手術が成功のうちに終わることを私は願っていました。


二月の半ばのこと。

朝起きると、右の下腹部が疼いていました。ああ、重くて痛い！　もうこれ以上待てないかもしれない！　そう感じた私は、ベッドから這い出して、やっとのことで電話機にたどり着きました。脂汗をかきながら大学病院に電話をかけて状況を話すと、至急病院に来てくださいとのこと。行けばなんとかしてくれるだろう、そう自分に言い聞かせて、必死の思いで準備をして病院に向かいました。

病院に着くと、手術中であった私の執刀医の代わりに、チームの若い医師が対応をしてくれました。「良かった。痛みは落ち着いたみたいですね。緊急手術になるかと思いましたよ」と言われ、だいぶ治まりはしましたが、もうこれ以上は待てそうにない旨をお話ししました。すると、「実は昨日、手術にキャンセルが出て、ちょうど連絡をしようとしていたんですよ。一週間もありませんが、二月二一日は大丈夫ですか？」との朗報。それを聞いていた看護師さんが、「あら、キャンセルがあったの？　それは本当にラッキーね！」と言って、微笑んでくれたのでした。

私はもちろん大丈夫な旨を伝えました。そしてその日のうちに術前検査を受け、手術の説明を聞き、入院の申し込みをして、大学病院をあとにしました。帰宅してから、手術の付き添いのために大分から上京をしてくれることになっている兄をはじめ、関係者に連絡をしました。早くに手術のキャンセルが出たことや、先生をはじめ看護師さんや受付の方もみんな感じがいいし、きれいな病院で入院生活も快適そうなことを、とてもありがたく思いました。そして、仕事が忙しい中、兄や親友が付き添ってくれることに、深く感謝をしました。

二〇〇五年二月二一日。いよいよ手術の日がやってきました。

前日から入院していろいろと説明を受け、当日の朝には執刀医が会いに来てくださいました。兄や親友も駆けつけてくれ、私は精神安定剤を打たれて、担架のような移動用ベッドに横たわっていました。「吉野さん、手術室に行きますよ」との看護師さんの声で、病棟から手術室のある階へエレベーターで運ばれました。「ご家族の方はここまでです」。「がんばってきてね！」という兄と親友の声に向かって、私は手を振り続けました。

手術室に入ると、いろいろなものが身体に付けられ、最後に麻酔用のマスクが顔の前にきました。「シュー、シュー」と音がする中、簡単な質問をされ、やがて、質問は聞こえているのにそれに答えることのできない自分を感じました。次の瞬間、意識を失ったのです。

セカンドオピニオンと手術を受けた病院で、術後の著者

「吉野さん、起きてください」。そう名前を呼ぶ声で、意識が戻りました。これから手術かしら？　などと考えていると、「手術は終わりましたよ」とのこと。なんだ、もう終わったのね。本当に一瞬だったわ、と思いました。それから、

手術室の隣の部屋で三〇分くらい様子を見てから、病室に戻りました。あたりがすっかり暗くなっていたので、側にいた兄に時間を聞くと、夜の七時過ぎになっていました。病室を出ていったのが一一時だったから、八時間になるかしら？　長かったわね、などと話していると、兄は「また明日来るからね」と言って帰っていきました。

暗い病室に一人きりになりました。大変だったけれど、これが最初で最後だから。あとは回復したら、すべて終わり！　そう信じて疑わない私がそこにいました。

再手術と予期せぬ「がん告知」

実は、術後に手術室の隣の部屋で麻酔から醒めるのを待っている間に、創部から大量出血をしてしまいました。創部の縫合不全が原因です。再度、全身麻酔をかけて、手術をやり直すことになりました。初めての手術なのに、一日に二度も手術をすることになろうとは、考えてもみなかったことでした。

順調に回復して退院をした私は、仕事にも復帰をしました。

手術から半月ほど経った二〇〇五年三月九日の朝。身支度を整えていると、突然、自宅の電話が鳴りました。「こんなに朝早くから自宅の電話にいったい誰からだろう?」と思いながら、おそるおそる受話器を取りました。すると、手術を受けた大学病院の執刀医の方からでした。「どうして先生から電話が来るのだろう?」と思っていると、「手術の病理検査の結果が出たのですが……もしかしたら悪性かもしれないので、すぐ病院に来てください」とのことでした。えっ、悪性? どういうこと? 「とにかく待っていますから、できるだけ早く来てください」。私は不安を感じながら、受話器を置きました。

「病理検査か……すっかり忘れていたわ。悪性かもって言っていたけれど、術前には悪性なんてほとんどありえないという話だったのに、どういうことなのかしら?」。そんなことを考えながら、大学病院に向かいました。到着して、診察室に一番近いイスに座って待っていると、すぐに名前を呼ばれました。

緊張しながら診察室に入り、執刀医に先ほどの電話のお礼を述べてから、イスに腰かけました。「吉野さん、あのね……」。執刀医はゆっくりと話し始めました。「さっきの電話でお話ししたように、病理検査の結果が出て……悪性だったんです」。えっ、どうして？　さっきはまだわからないって！　悪性って、どういう意味？　「それで、正式名称は『平滑筋肉腫』という『がん』なんです」。

一瞬、時間が止まりました。……へいかつきんにくしゅ、って？　どういう字を書くの？「がん」って、どういうこと？　「がん」だったら普通、〇〇がんって言うのではないかしら？　私はそれらの疑問をぶつけてみました。すると、「『がん』には二種類あって、上皮細胞にできるのが『癌』、非上皮細胞にできるのが『肉腫』。癌はリンパで転移し、肉腫は血液で転移するんです」とのこと。何がなんだか、さっぱりわかりませんでした。

肉腫は「がん」なのか、そうではないのか？　ただ、肉腫が良性ではなく悪性腫瘍であることだけは理解することができました。

ということは、すごく重い病気なのかしら？

それから執刀医は、「平滑筋肉腫」と書いた紙に、図を描きながら説明を続けてくださいました。それによると、私の腫瘍は直径一〇センチもの大きさがあり、風船のような球形をしていて、それに首がついているような状態だったようです。その首が

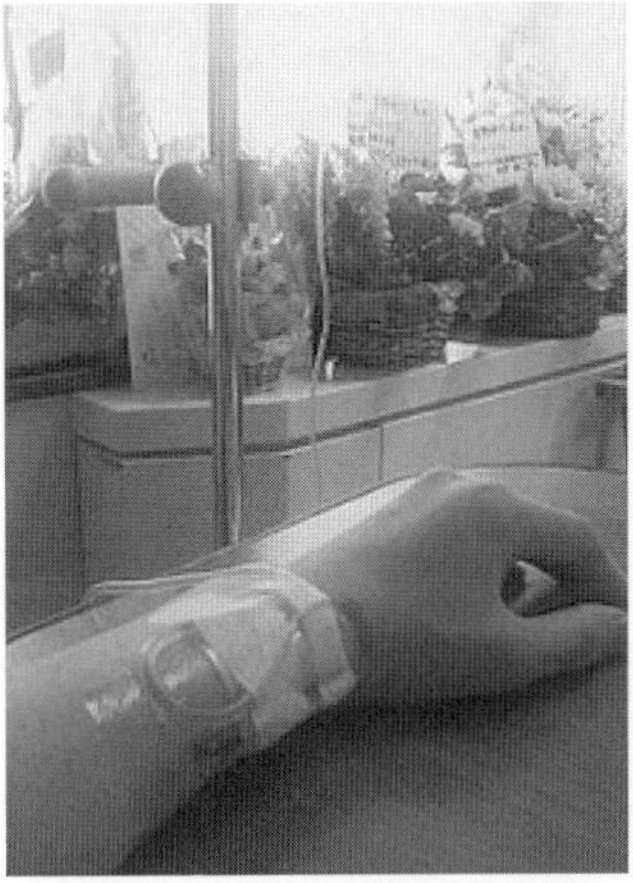

闘病の応援に贈られた花々と、点滴を入れた著者の左腕（左）／入院生活を明るくするため、グッズは大好きなピンクで統一（右）

どこにつながっているのか、術前には、CT（コンピュータ断層撮影）でもMRI（磁気共鳴画像）でもわかりませんでした。でも卵巣につながっているように見えたので、良性の「卵巣のう腫」ではないかということで、腹腔鏡で手術をしたのです。術中の細胞診でも良性と出たので、骨盤内で切り刻んで吸い取る方法を取りました。

しかし、その腫瘍の首は、卵巣につながっていたのではなく、「後腹膜」というおなかの後ろ側の部分につながっていました。そして、良性だと診断されていた腫瘍は、術後の病理診断によって「悪性」だと判明しました。私の病気の正式名称は、「後腹膜平滑筋肉腫」という「がん」だったのです。

執刀医の説明によると、「良性だと思っていたので、骨盤内で腫瘍を切り刻んでしまったのですが、内視鏡で見える範囲で、できる限り回収はしました。でも、腫瘍が骨盤内に散らばって、まだ残っている可能性がありますので、近いうちに開腹手術をして、残ったものを回収したいと思っています。その後入院してもらって、六カ月にわたって抗がん剤を投与します」とのことでした。

愕然としました。悪性腫瘍だったのがわからずに、切り刻んでばら撒いた？　まだ残っているかも？　手術のやり直し？　開腹手術？　抗がん剤の投与？　六カ月も？

いろいろなことが頭の中をグルグルと駆け巡りました。

それって、「医療ミス」ではないの？　私が悪いわけではないよね？　誰も謝ってはくれないの？　誰も責任を取ってはくれないの？　再度、私が費用を支払って、私の身体に負担をかけなければならないの？　それは、あまりにも理不尽過ぎるのではないかと思いました。

「ふ～っ」。私は深く溜息をつきました。どうすればいいのかしら？　全然わかりませんでした。でも、言われた通りにするしかないんだよね……きっと。

私が困惑しているのが見て取れたのでしょう。「最善の方法を話し合っておきますから、一週間後にまた来てください。お大事にしてくださいね」。そう執刀医は言いました。私には、「はい」と答えることが精一杯でした。私は、重い診察室のドアを開け、外に出ました。聞きたいことが山ほどあるような、でも具体的には何を聞いていいのかわかりませんでした。重い足取りで大学病院をあとにし、私は当てもなく歩き始めたのでした。

chapter 3

逆告知——五年生存率七%

「肉腫」と母への「逆告知」

忘れもしない、二〇〇五年三月九日。

手術から半月ほど経ったこの日は、私の「がん告知」記念日となりました。

大学病院で執刀医から告知を受けた後、どうやって電車に乗ったのか、全く憶えてはいませんが、ふと気がつくとホームドクターのもとへたどり着いていました。診察室に入り、「先生、やはり悪性でした……」と力なく報告すると、朝の段階で執刀医から聞いていたとのこと。「えっ？　知っていらしたんですか？」と、思わずホームドクターの顔をのぞき込んでしまいました。

早朝、執刀医から「悪性かもしれないので、すぐ病院に来てください」と電話があった時には、「かも」ではなく、すでにはっきりしていたことがこの時わかりました。

つまり、執刀医から患者本人へ直接がん告知をするために、私は病院に呼ばれたのです。あれは「告知」という儀式、「セレモニー」だったのです。それに気づいた時、目から涙がポロポロとこぼれてきました。

「それで……後腹膜平滑筋肉腫というがんでした」「うん」。「良性だとの診断だったので、腫瘍を骨盤内で切り刻んでばら撒いてしまったそうです」「うん」。「内視鏡で見えるかぎりは回収したそうですが、残っている可能性が高いので、近いうちに開腹手術をしてきれいにしたいそうです」「うん」。「そのまま入院を続けて、抗がん剤を六カ月にわたって投与するそうです」。

私を見守るように話を聞いていたホームドクターが、この時ゆっくりと口を開きました。「抗がん剤を投与するって?」「はい」。「肉腫には、抗がん剤がはっきりと効くというエビデンス（科学的根拠）がないんだよ。肉腫は癌よりもやっかいで、これといって良い薬や治療法がなく、『できては取る』の繰り返しなんだ」。

私はもう顔を上げていることができなくなりました。「ううぅっ……」。力なく、震えるように泣きました。なぜ私が、こんな重い病気にならなければいけないのだろうか？　それに、診断違いでおなかの中に悪性腫瘍をばら撒かれてしまったし。私なりに一生懸命に生きてきたつもりなのに。私は何か悪いことでもしてきたのだろうか？　どうしてこんなに重い罰を受けなくてはならないのだろうか？　止めどなく溢れる涙。声を出そうにも、言葉一つ出てこない。人は本当に悲しい時、声を出す力もないことを、この時私は初めて知ったのです。

それから、家に帰って最初にしなければならないと考えたのは、兄への「逆告知」でした。患者の私から、家族に「がん」であることを伝えるのです。先月の手術の時も、大分から出てきて付き添ってくれた兄。そして、三日前の私の誕生日の日も出張で東京に来ていて、一緒に祝ってくれた兄。まずは、兄に伝えなければ。

その日の夜、仕事から帰ってくる頃を見計らって、兄に電話をかけました。「実は……今朝、執刀医の先生から呼び出されて病院に行ってきたの。そうしたら、病理検査の結果が悪性だったって」「なに？　悪性？」。「よくわからないんだけど、後腹膜平滑筋肉腫というがんだって」「がん⁉」。「うん……手術の時、おなかの中で直接腫瘍を切り刻んだでしょう？　それが悪性だったから、近々開腹手術をして、取り残しを回収するんだって。そのあと抗がん剤を投与するって」。「開腹手術？　いつ？」「来週病院に行ったら決まるみたい。手術の時はまた来てもらうことになっちゃうけど、ごめんね」。「そんなことは、なんとかするから。だけど、ゆりえ大丈夫か？」「うん、ホームドクターにも相談したし」。「母さんには？」「もちろん話してないよ。今回だって、子宮筋腫だから心配しないで、と言ってあったし。がんだなんて知ったら、母さんショックで倒れちゃうよ」「確かにすごい心配性だからな」。「それに、文兄ちゃんの時のことを思い出すと、口が裂けても言えないよ」「そうだな、俺もそう思う」。

小学生の頃の運動会で大好きな家族や友達に囲まれた著者（左から３人目）。将来つらい「告知」を受けるとは思いもしなかった

文兄ちゃんとは、兄と私の間の二番目の兄のことです。すでに書きましたが、私が高校三年生の時に、福岡の大学に通っていて突然死をしてしまったのです。その時母は、あまりのショックで歩くことができなくなりました。妹の私でさえ、毎日学校から帰ると、自分の部屋にこもって、母に気づかれないように声を殺して泣き続けました。ましてや、自分のおなかを痛めた我が子が、自分よりも先に死んでしまうなんて、母にとってはどんなにつらくて悲しかったことか。あの時の母の姿を見ていた私には、「あなたの娘は『がん』で、それも有効な薬や治療法がない『後腹膜平滑筋肉腫』に罹患していています」なんて、どうして言えようか。母への「逆告知」はしないことで、私と兄の意見は一致したのでした。

「何か決まったら、連絡するね」「ああ、あんまり気にしすぎるなよ」。「大丈夫だよ。私、昔から能天気で有名でしょ？　あはは」。目には涙が溢れて、今にもこぼれ落ちそうでした。誰にも心配をかけたくないから。私なりのいつもの気遣いでした。でも本当は、誰かに甘えて、わんわん泣きたかったのだと思います。その夜は、一人枕を濡らし、ふと気づくと、空が白みはじめていました。

がん告知を受けてから一週間後、二〇〇五年三月一七日のことでした。私は再び、手術を受けた大学病院へ向かいました。すると執刀医から、「私は良性腫瘍が専門なので、悪性である肉腫は専門外なんです。なので、この病院の悪性腫瘍チームの専門医に、メインで診ていただくことになりました。もちろん、私はこれからも吉野さんの面倒はみますが……」と言われました。

えっ、先生が変わるの？　もしかしたら、先生は逃げたいのかしら？　それはそうだよね。縫合不全で二回も手術したあげくに、良性だと思って切り刻んだ腫瘍が悪性だったなんて。それもたちの悪い肉腫だし。そう思うと、見捨てられたような、そんな寂しい気がしたのでした。

自分の人生は自分が決める！

執刀医から、私の担当医が悪性腫瘍専門の医師へ交代する旨を伺い、そのまま、他の診察室にいる悪性腫瘍専門の若い医師のところへ移動しました。するとその医師は、この時初めて会った私に対して、矢継ぎ早にこう言ったのです。「一週間後に開腹手術をします。右の卵巣は取り除きます。左の卵巣や子宮も取り除く場合もあります。

最悪、リンパも取り除きます。術後、そのまま入院して、六カ月にわたり抗がん剤を投与します」。

私は呆然としました。切り刻んでばら撒いてしまった腫瘍を回収するだけではないの？ 他にも取り除かなければならないの？ それに、私の肉腫には効くというエビデンス（科学的根拠）がない抗がん剤を投与されるなんて……。

私の執刀医は穏やかな方なのですが、この医師は若くて血気盛ん。患者の気持ちなどお構いなしという感じで、続けてこうまくし立てたのでした。「右の卵巣だけだなんて、いいほうですよ。悪性の場合は普通、周辺にあるものはすべて取り除きますからね。まあ、開けてみないとわかりませんけれど」。

そう言われて、その場で手術と入院の申込書を書かされ、言われるがままに手続きをして、病院をあとにしました。電車に乗り、空いていた座席に座ると、それまで我慢していたのか、涙が溢れてきました。私は涙を隠すように、ただ下を向いて泣きました。それを拭う力さえ、その時の私にはなかったのです。見知らぬ人が、見るに見かねて「大丈夫？」と声をかけてくれました。それでも私は、下を向いて小さく頷くことしかできませんでした。

深く傷つき、気が動転したまま、私はホームドクターのところへ行きました。一週間前にがん告知を受け訪れた時とは違い、今度は思いきり声を上げて泣きました。すると泣いているうちに、だんだんと怒りが込み上げてきました。なぜ、自分の人生を初対面のあの医師に決められなければならないのか？　なぜ、病院側で決めたことだからと、患者である私の意見も聞かずに仕切られなければならないのか？　診断違いからこんな結果になったって、誰も謝ってもくれないし、誰も責任を取ってくれない！

結局責任を取るのは、私自身のこの「身体」じゃない！　それなら、自分の人生は自分の意志で決める！　私の目的は「生きる」こと！　医療は手段であって目的ではない！　「生きる」ために必要な手段を、私自身が納得して選択するんだ！

泣きながら怒りに震える私を目の当たりにして、ホームドクターはその場で執刀医に電話をかけてくれました。その電話で、次のような約束を交わしてくださったのです。担当医を元に戻すこと。やり直しの手術を早急にしてもすべての腫瘍を回収できるわけではないし、肉腫は再発・転移が多いことに鑑み、死ぬ細胞は死に、育つ細胞は大きくなったところで、手術をすること。何もする手だてがないからといって、エビデンスのない抗がん剤を投与するのはやめること。こうして、一週間後の手術はキャンセルとなったのです。

気が静まった私は、ふと思い出して口にしました。「さっき入院手続きしてきちゃった。キャンセルの電話をしなきゃ！」「あはは、本当に君は律義だねぇ。大丈夫だよ。手術がキャンセルになったから、入院もキャンセルしてくれるよ」。「だったら何もしなくていいんですね？」「うん、あとは、おなかの中に残っている腫瘍が全部死んでなくなってしまうって信じること。余計なことは忘れて笑って生きる方が、がんは治るんだよ。海外でこんな実話があるんだよ。幼い子どもが脳腫瘍になったんだけど、手術のしようがなかった。それで看護師さんがその子にこう言って聞かせたんだ。『あなたの頭の中に悪い人が住んでいて、その人を兵隊さんがピストルで撃って退治しているのよ。その悪い人はきっといなくなるから、兵隊さんがピストルで撃っているのを、いつも想像してみてごらん』。すると本当に、その子の脳腫瘍はなくなったんだ」。ホームドクターはそう言って微笑みました。

「ありがとうございます！　私もピストルでやっつけちゃいます！」。手でピストルの形を作りながら、私は自分のおなかを指してこう言いました。「バーン！」。さっきここに来た時とは打って変わって、私は「希望」を抱いて、ホームドクターのもとを去ったのでした。

当時は、大好きな花を愛でることで癒されていた

それから「再発」の目安としていた半年をクリアし、少しホッとしたのも束の間。検査により、新たな腫瘍が見つかりました。大丈夫だと信じてはきましたが、簡単になくなりはしないだろうとも思っていました。しかし、実際に再発をすると、ショックはかなりのものでした。

手術日は一二月一五日と決定。執刀医は前回と同じ医師に決まりました。私良性腫瘍が専門ではありましたが、私が悪性であると判明してからも、前述のいきさつにより担当医を続けてくださっていたのです。まわりから、「医療ミス」ではないか？と言われたこともあります。しかし、この時私はこう考えていました。

肉腫は、血液中の腫瘍マーカー（がん診断の手がかりとなる物質）が見つかっていません。かつ、肉腫は身体の深部にできるので、画像診断が難しいのです。私の場合も、ＣＴでもＭＲＩでも、腫瘍がどこに存在しどこにつながっているか、はっきりしませんでした。ＰＥＴ—ＣＴ（陽電子放出断層撮影・ブドウ糖代謝などの機能から異常をみる）でも、糖の集積が低いのか、ぼんやりとしか映りません。総じて、術前に肉腫であると診断することはかなり困難です。また、術中の細胞診でも、私の場合は良性と出ました。このような状態で私が肉腫であるということは、たとえ他の医師であってもわからなかったのだと。

しかし、そんなことを言っていても仕方がありません。現実に私は再発をしてしまいました。今できる限りの最善の方法を取るしかないのだと、自分に言い聞かせました。

再発手術と「五年生存率七％」

「今回の手術が成功して、これで最後になりますように」。

二〇〇五年一二月一四日。次の日に控えた再発による二度目の手術のため、私は都内の大学病院に入院をしました。母への「逆告知」をしないことに決めたことから、兄は手術の付き添いを「出張」だと偽って、大分から出てきてくれていました。そこで、この日の午前中に、病院の近くにある神田明神に、二人で昇殿参拝をしました。そこで、このようにお祈りをしたのでした。

入院をするとすぐに、腫瘍の最終確認ということで、CTの撮影を行いました。夕方には読影も終わり、執刀医からカンファレンスルームに呼ばれました。「今日のCTで確認されて

再発手術後は、目標通りクリスマスまでに退院をすることができた

いる腫瘍は三個です。やはり開腹手術に変更しておいて良かったですね」「えっ、三個なんですか？」「そうです。今回は開腹手術なので腸などもすべてどけて、他に腫瘍がないかを隅々まで調べます。取れるものはすべて取りますからね。安心してください」。

実は、再発が判明した当初は腫瘍が一つしか確認されていませんでした。そのため執刀医は、再発の多い肉腫患者である私が今後何度も手術をすることになるかもしれないと考え、身体への負担の少ない腹腔鏡手術をする予定でいました。しかし、これにホームドクターが反対をしたのでした。その結果、術式は開腹手術に変更されていたのでした。

手術当日の朝は、朝一番の手術ということで、慌ただしい状況でした。しかし、二度目ともなれば手慣れたもので、手際よく準備を進めました。手術着に着替えたところで、兄が到着。「ゆりえ、大丈夫か？」「うん、大丈夫。来てくれてありがとう」。そうこうしているうちに、担架のような移動用ベッドに寝かされ、精神安定剤が打たれました。

手術室に入ると、今回は開腹手術ということで、まず硬膜外麻酔のための細い針が背骨のあたりに通されました。次に、身体中にいろいろな器具が取り付けられ、全身麻酔の準備も整いました。「吉野さん、わかりますか？」。その質問に答えることなく、私は眠りに落ちました。

「吉野さ～ん」。名前を呼ぶ声で目が覚めると、そこは手術室の隣の部屋でした。もう終わったんだ……。今回は大丈夫だったんだ……。前回の縫合やり直し手術のことをおぼろげに思い出しながら、私は病室に戻りました。「戻ったよ～」。そこには、兄が待っていてくれました。「どうだ、ゆりえ？」「うん、大丈夫」。「なんだか、たくさん、腫瘍が取れたみたいだな」「ふ～ん、そうなの？　術前のＣＴでは三個だって言ってたけど」。「もっとあったみたいだな。でも、見つかったものは、すべてきれいに取れましたって」「わぁ、よかった～」。

その夜は、思ったよりも大変でした。全身麻酔用の管で喉を傷つけたらしく、痛くて仕方がありませんでした。それに伴い、咳が止まらず、痰もからみました。咳をしても痰を切っても、開腹手術をしたところに響いてものすごく痛く、夜通し眠れずに苦しんだのです。

次の日の朝、病室の他の患者さんたちが、「大丈夫ですか?」と心配してくれました。
「はい、苦しいけれど、だんだん良くなると思いますから。ご迷惑をかけてすみません」
「ううん、私たちは大丈夫よ」。この会話がきっかけとなって、私たちはみんな仲良くなりました。明るく前向きなルームメイトたちと楽しく過ごしながら、環状になっている病棟を毎日何一〇周と歩いてはリハビリに励みました。おかげで回復も早く、当初の目標の「クリスマスまでに退院」が叶えられたのでした。

実は、今回の手術のことで、入院中に執刀医から詳しい説明を受けていました。開腹してみると、なんと一一カ所、合計五〇～六〇個もの腫瘍が、骨盤内に存在していたそうです。にもかかわらず、子宮や卵巣なども温存され、目に見えるすべての腫瘍はきれいに取り除くことができました。これで再発をしなければ、治ってしまうんじゃないかしら?　能天気な私はそんなことを考えていました。

二度目の手術を終えて退院したものの、私には一つ気がかりなことがありました。それは、年末年始の大分への帰省をどうするかという問題でした。さっそく兄に電話をしてみました。「お兄ちゃん、ゆりえだけど。この年末年始をどうしようかと思って。帰省できないことはないけど、きっと、母さんにばれちゃうと思うんだよね。帰らないほうがいいよね？」「う～ん、そうだなあ」「じゃあ、そうするね」。こうして、年末年始は帰省しないことになりました。実際、帰りたいけど帰れない、そんな状態でした。

クリスマスも過ぎ、年の瀬も押し詰まりました。まわりの友達も帰省していき、私は東京で一人ぼっちになりました。そこで、自分の病気について初めてインターネットで調べてみたのです。

すると、どうでしょう。進行性の私の場合、「五年生存率」はたったの「七％」。なんてことなの!!　執刀医は、なんのためらいもなく肉腫であることを告知してくれたし、ホームドクターも、普通なら患者に知らせないようなことでも教えてくれました。なので、私は自分のがん「肉腫」について、すべてを知っているつもりでいたのです。それなのに、それなのに……。

「五年生存率七％」。私が知らなかっただけ。みんな隠してくれていたのね。こんなに重い病気だったなんて……。大粒の涙が頬を伝ってこぼれ落ちました。私はあとどれくらい生きられるの？　もしかしたら、四〇歳の誕生日は迎えられないかもしれない……。こんなことなら大分に帰ればよかった。母さんやお兄ちゃんと、あと何回一緒にお正月を迎えることができるのかわからないんだから……。

その時、除夜の鐘が鳴り始めました。その鐘を一人で聞きながら、私は泣きじゃくりました。あと二、三年で、確実に死がやってくる。このお正月が明けたら、これまで拒否し続けた抗がん剤治療にも、もう「イエス」と言うしかないんだ。どん底でした。絶望以外の何ものでもありませんでした。胸が苦しくて、息をするのも苦しくて……。

人生を謳歌するために享けた生

年が改まって二〇〇六年となりました。

元日と二日は、どん底以外の何ものでもありませんでした。東京で一人、悶々と過ごしました。「いったん退院して、お正月は家で過ごしていいから、来年になったら返事をくださいね」。そう言われていた抗がん剤治療が頭をよぎりました。私の肉腫には効くというエビデンス（科学的根拠）のない、空しい治療……。

三日は、私が所属をしている日本ダンス議会の会長のお宅での新年会に、初めて招待を受けていました。私は、無理を押して新年会へと向かったのです。というのは、私は日頃「大輪のヒマワリのようだね」と言われるくらい、明るくて元気なのが取り柄でした。しかし、人前ではそんなふうに振る舞いながら、陰ではかなり気を配ったり遣ったりしていました。なので、今回の新年会に欠席をするということは、とても失礼なことだと考えたのです。その一方で、「無理にでも明るく元気にしていたら、本当にそうなるかもしれない」という期待を、かすかに抱いていたのも事実でした。

すると、どうでしょう? みんなの顔を見ると、ホッとしました。みんなと喋っていると、気が紛れました。みんなとおいしいものを飲んだり食べたりしていると、楽しかったのです。久しぶりに、おなかの底から大いに笑うことができたのです。私の淡い期待は、裏切られずに済んだのでした。

悩んでいたって、病気が治るわけではない。逆に、免疫力が下がって悪くなるだけ。それなら、残された人生を、人の何倍も明るく楽しく建設的に生きてみせる！ そうしたら、長く生きる人よりも、密度の濃いすばらしい人生が送れるかもしれない。それに、免疫力が上がって、少しでも長く生きることができるかもしれない。そう思うようになったのです。その後、「七％というのはゼロではない」ということに気がつきました。私が五年生きて、この七％の中に入ればいいんだ！　そして、私が五年生きることによって、この七％を八％や九％に上げたい！　そのことが、私の後に続く肉腫患者さんの希望の光の一つになれば、これほどありがたいことはない。そう考えることができるようになったのでした。

私にとって元日と二日は、最も暗い「夜明け前」だったのだと思います。この日を境に、私は気持ちを入れ替えることができたのです。

松の内も過ぎた頃、私は重い足取りで、ホームドクターを訪ねました。こうなったら、抗がん剤治療も仕方がない……。あきらめにも似た心境になっていました。しかし、ホームドクターは、「抗がん剤はやるべきではない！」と強く反対をしたのです。元来、このホームドクターはがんの専門医で、私が告知を受けてからというもの、それまで以上に「がん」、とりわけ「肉腫」に関して調べてくださっていたのでした。

手術を受けた大学病院側が考えていた抗がん剤治療は、元々抗がん剤が効きにくい肉腫に対するものなので、相当ハードなものでした。にもかかわらず、大学病院側は

「普通の抗がん剤よりちょっと強いだけだよ」と私に説明をしていたのです。

「抗がん剤が肉腫に効くというエビデンスはないんだよ。この抗がん剤を投与したら、がん細胞が死ぬか、あなたが死ぬか……」。ホームドクターは私にそう告げて、次のように説明をしました。

ダンス競技会やパーティーなどで司会を務めることも、「私らしく生きる」ことの一つであった

「今回のようなハードな抗がん剤治療の場合、もしかしたら、あまり効かないと言われている肉腫のがん細胞を殺せるかもしれない。しかしそれは、その分だけ健康な細胞をも大量に殺してしまうことを意味する。すると、がんが原因で死ぬのではなく、抗がん剤治療によ

る免疫力の低下、もしくは、それが原因で起きるほかの病気によって死亡することも考えられる。また、そこまでハードな抗がん剤治療であれば、副作用の嘔吐などは、死ぬほどの苦しみを伴うことがある」と。

私は、抗がん剤が効きやすいがん種の方は、もちろん治療を受けるのが妥当だと考えます。また、どんなに苦しくても、少しでも効いてくれるのなら、そして、少しでも長く生きることができるのなら、私も抗がん剤治療に踏み切ったことだろうと思います。しかし、ホームドクターの言う状態にまではならなくとも、抗がん剤は私の肉腫にはあまり効かないどころか、それを投与したことによる免疫力の低下で、再発の可能性が高くなるかもしれないのです。

また、私にとって「命」は、もちろん最も大切なものです。しかし、その生命体としての「命」はもとより、私が「私らしく生きる」ことは、「命」に匹敵するほど大切な要素であると信じています。抗がん剤で半年の間苦しんだ後、髪の毛は抜け、容貌は変わり、そのあげくに再発をする。そして、また手術、抗がん剤……。この繰り返しだなんて……。現役は引退したものの、ダンス教師であり審査員であり、競技会やイベントの司会をするなど、公私ともに人前に出ることの多い私にとって、この「私らしく生きる」ことをあきらめなければならないのは、何ものにも代えがたい苦痛であるだろうと容易に想像ができました。

私は、苦しむために生きているんじゃない！　人生を謳歌するために、この世に生を享けたんだ！　そうであれば、元気でいる間は「いきいきと」仕事をし、「輝きながら」人生を楽しみ……再発したら手術で取り除く！　そして、手術ができなくなったり、手の施しようのないところに転移したりした場合は、いさぎよくあきらめる！

私はそう決意したのでした。

chapter 4

いのち懸けの挑戦――〝奇跡〟の腫瘍消滅

ブラインドダンス誕生と競技会決定

そんな二〇〇六年四月のある日のこと。

自分が所属する日本ダンス議会の会長と一緒に、私はブラインドゴルフ（視覚障がい者のゴルフ）のプロアマ大会に向かっていました。以前からご縁があり、私はブラインドゴルフに少し関わっていたのです。

その車中で、会長が「ゆりえ、ブラインドゴルフに招待してもらったのは、今回で二回目だろう？　初めての時は、視覚に障がいのある人がゴルフをするなんて、僕は半信半疑だったんだよ」「最初は、皆さんそう思うみたいですね」「それが、一緒にラウンドしたら、下手な晴眼者よりもよっぽど上手いじゃないか。ビックリしたよ！」「スコアが一〇〇を切ったりしますからね」「そこで、ゴルフができるのなら、ダンスだってできるんじゃないかと思ったんだ」「えっ?」。私は驚いて聞き返しました。「調べてみたら、視覚障がい者の社交ダンスサークルというのが、全国各地にあるんだよ。横浜がメッカで、神奈川県にはいくつかあるし、東京にもあるんだ」「そうなんですね?」「サークルに見学に行ったら、みんな見えているんじゃないかと思うくらい、スイスイ踊るんだよ」「わぁ〜、私も見てみたいです」「そうだろう。ゆりえならきっと興味を持つと思っていたよ」。

私は昔から、ボランティア活動に興味を持ち、実践をしてきました。高校時代には、マドレーヌやクッキーなどを焼いては、月に一度は高校の近くにある老人ホームに慰問に行っていました。国連が定めた一九八六年の国際平和年には、署名活動に参加したり、高校生の弁論大会で「国際平和」を訴えて全国大会に出場したりしていました。

競技ダンスの現役を引退してからは、海外のブラインドアソシエーション(盲人協会)や国内外のブラインドゴルフにも少しばかり関わってきました。それらを通じて、視覚障がい者の引きこもりの問題や、安全に運動のできる場所が少ないことによる運動不足や、それが引き起こす早世の問題なども見てきました。なので、視覚障がい者がゴルフをすることは、とても素晴らしいことだと考えていました。

しかしこの時、自分が生きてきたもっと身近なところに、より素晴らしいものがあることに気がついたのです。それが、「視覚障がい者のダンス」だったのです。二人が組んで踊る社交ダンスは、晴眼者が視覚障がい者の目となって、一緒に運動することができます。視覚障がい者は、目が不自由な分、概して聴覚に優れリズム感が良いのです。察知能力にも長けています。なので、音楽に合わせて身体で表現をするダンスは、視覚障がい者にとって、晴眼者よりも素晴らしい踊りをする可能性さえ秘めているのです。

「それで、ちょうど日本ダンス議会も法人化されたことだし、何か社会貢献ができないかと思ってね」「それなら、日本ダンス議会が視覚障がい者のためのダンス競技会を開催したらいかがでしょうか?」「そうなんだよ。だから、ゆりえにも是非手伝ってもらいたいんだよ」「ありがとうございます！　私、喜んでお手伝いさせていただきます！」。

視覚障がい者が引きこもりから脱し、晴眼者のパートナーが目となって、室内で安全に運動をする。そのパートナーやダンスの仲間、指導者たちとコミュニケーションをはかり、心身ともに健康になっていく。さらに、それを生きがいとして豊かな人生を歩んでいく。なんて素晴らしいことなんでしょう！　そのサポートをさせていただけるなんて、なんてありがたくしあわせなことなんでしょう！　私は心を震わせていました。

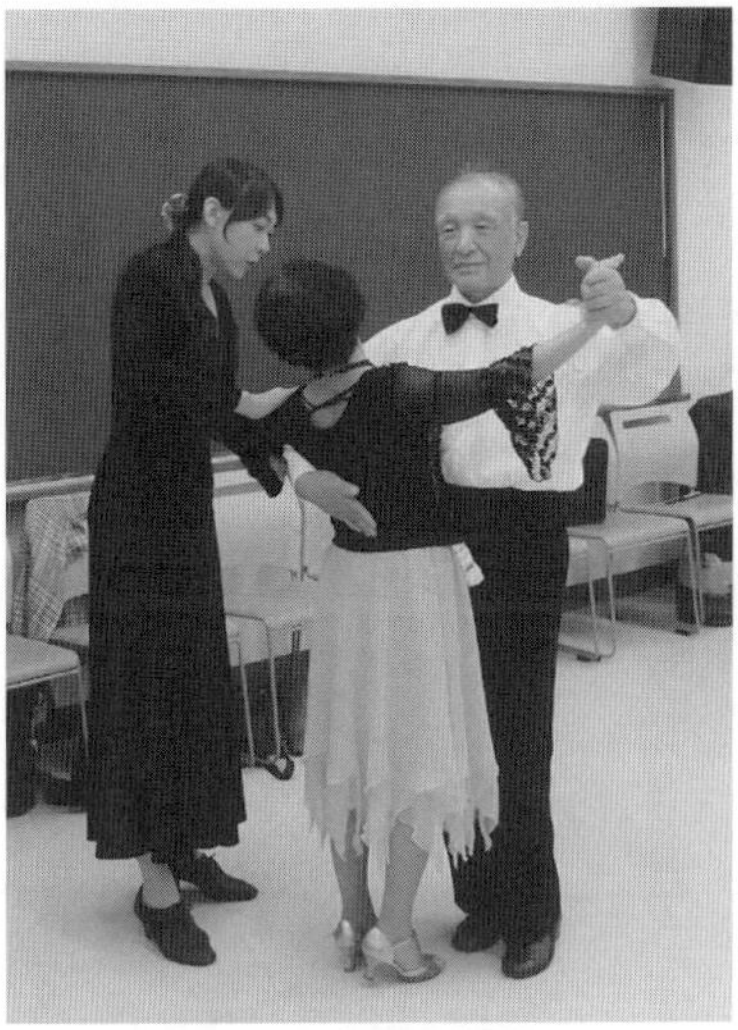

ブラインドダンス競技会の出場者を求めて、全国を指導してまわった（左が著者）

　こうして、私がダンスをやってきたこと、競技引退後にブラインドゴルフに関わってきたこと、そして日本ダンス議会に所属し、その会長をブラインドゴルフに引き合わせるに至ったことなど、様々なことが一つにつながったのです。さらに、視覚障がい者のダンスということから、「ブラインドダンス」という言葉を誕生させました。私は、こうした一連のことに必然性を感じ、ブラインドダンスは私のライフワークの一つになる、そんな予感さえしていました。

おりしも、日本テレビが「ウリナリ芸能人社交ダンス部」を結成して一〇年が経ち、また、芸能人や著名人がプロダンサーと組んでダンスを披露し競う『シャル・ウィ・ダンス？～オールスター社交ダンス選手権～』というテレビ番組が人気を博していました。その総合演出家兼プロデューサーが、このブラインドダンスを是非とも『24時間テレビ 愛は地球を救う』で取り上げたいとおっしゃってくださいました。

こうして、世界初「第一回全日本ブラインドダンス選手権大会」が、二〇〇六年八月二七日に『24時間テレビ』に合わせて開催されることが決定したのです。

大会の開催が決まったものの、当日までは四カ月しかありませんでした。まさに、時間との闘いが始まっていました。まずは、当事者であるブラインドダンサーの方々と神奈川県ライトセンター（日本最大級の視覚障がい者施設）で話し合いを重ね、ブラインドダンス競技会のルールを作りました。その一方で、競技会を告知し、参加者を募りました。

一番の問題は、この出場者への声かけでした。なにせ、日本初、否世界初のことです。そもそも、日本にあるブラインドダンスサークルの名簿が存在しているわけでもありません。ダンス専門誌に掲載されている全国の一般のダンスサークルに片っぱしから電話かけをしたり、日本ダンス議会の全六総局（北海道、東北、東部、中部、西部、九州）に、それぞれの地域で当たってもらったりしました。私は、文字通り「北は北海道、南は九州」まで出かけて行ったのです。

希少がん患者であることも、再発手術後の身体であることもまわりに隠し、自分を鼓舞しながら。

八王子盲学校との出合いと再々発

二〇〇六年八月二七日に、世界初「第一回全日本ブラインドダンス選手権大会」が開催されることが決定しました。日本テレビ系『24時間テレビ愛は地球を救う』での放映も決まり、その準備は着々と進んでいきました。

日本中の視覚に障がいを持つダンス愛好家はもちろん、日本テレビが結成したウリナリ芸能人社交ダンス部のメンバーも参加が決まり、そのお相手となる視覚障がい者の方々を探し始めました。ブラインドダンスなので当たり前と言えば当たり前ですが、ブラインドダンスのカップル出場資格として、「一人または両者が視覚障がい者であること」と規定したからです。若いタレントもいることから、年齢が合うように既存のサークルだけでなく盲学校も開拓し始め、私は文字通り東奔西走の状態でした。

すると、声かけをした中から東京都立八王子盲学校の校長先生より、「生徒がやりたいと言っているので」と、学校でのダンスレッスンの許可をいただいたのです。そこで、八王子盲学校でまずは体験レッスンを行うことにしました。

盲学校の生徒はもちろんのこと、お世話をしてくださる体育科の先生方がたくさん参加して、生徒たちのパートナーとして協力をしてくださいました。すると、初心者であるにもかかわらず、ブラインドの生徒たちはいとも簡単にステップを覚えてしまったのです。みんな顔を輝かせては「楽しい！　楽しい！」と声を上げていました。

二度目の体験レッスンでは、アップテンポのものをやってみました。ちょっと回るステップも入れてみたら、「キャー、キャー」と、みんなうれしそうに踊っているではありませんか。好奇心が旺盛で、耳が良く、リズム感がある。競技ダンスをやっても、きっとすぐに上手くなる！　この時私はそう確信しました。

この二度目の体験レッスンのあと、私は体育部のキャプテンであるナオ君に、ブラインドダンス競技会への出場を打診してみました。すると、「ダンスは楽しいから続けたいけど、大会に出場するかは、ちょっと……」と、ためらっていました。そのナオ君に、私はこう話しました。「ナオ君、チャンスの女神様には前髪しかないんだって。あっ、これはチャンスなんだ！　ってナオ君が気づいた時には、女神様は通り過ぎていて、後ろ髪のない女神様を捕まえることはできないんだって」。それを聞いたナオ君はハッとして、しばらく考えた後、「僕、大会に出場します！」。そうはっきりと答えたのでした。

こうして、キャプテンのナオ君に続き、八王子盲学校の生徒たちは次々とブラインドダンス競技会に出場することを決めました。もちろん、人気のあるタレントさんと踊ることや、テレビに出演することだけが、価値のあることだとは思いません。しかし、それが素晴らしい経験の一つになることは、断言できます。一〇日前までダンスを踊ったこともなかった生徒たちが、ダンスの楽しさを知り、今目標を持ってダンスに取り組もうと決めたのです。それが、素晴らしくないはずはありませんでした。

彼らには、否すべての人に、チャンスがあったら何事にも勇気を出して挑戦してほしい！　自分の糧にならない経験なんて一つもないのだから。いつまた再発するかもしれない病気をかかえた私自身も、そうやって生きてきたし、これからもそうやって生きていこうと決意していました。


八王子盲学校では、それから通常週に一回・放課後二時間行うようになったレッスンを、夏休みに入り、週に三回・昼間三時間に変更しました。これに加え、タレントさんの個人レッスン、タレントさんと組む盲学校の生徒や一般のブラインドの方々の個人レッスン、そして、カップルでのレッスン、サークルにおけるレッスン。真夏の猛暑の中、私は食べる暇もないほど、レッスンと移動に明け暮れていました。

競技会まで残り一カ月。盲学校の生徒やタレントさんたちのレッスンもラストスパートの時期に入りました。この期間が勝負！　と考えていた矢先、思いもよらないことが起こりました。それは、七月末のこと……恐れていた「再々発」でした。月に一度の定期検査の結果、腹部に四センチ大の腫瘍が一つ見つかったのです。

すでに書いたように二回目の手術では骨盤内で播種状態となっており、六〇個もの腫瘍を取り除くことになりました。それでも、これで再々発しなければ、私は生き延びることができる……そんな風に、祈りにも似た気持ちで自分に言い聞かせてきたのです。しかしそれは、淡い期待に終わりました。期待していただけに、再々発のショックは大きなものでした。それも最悪のタイミングで。

八王子盲学校での体験レッスン風景（右から２番目が著者）

執刀医は早急の手術を強く勧めてきました。手術を先延ばしにすれば危険が増すことは、もちろん私にもわかっていました。しかし……。

「ブラインドダンス」はどうなる？　八月二七日のブラインドダンス競技会はどうな

る？　八王子盲学校の生徒たちを含む視覚障がい者の方々の「夢」はどうなる？　協力してくださっている盲学校の先生やテレビ局のスタッフの努力はどうなる？　私には、彼らを見捨てることは絶対にできない。そう、絶対に。私の「いのち」を懸けても、このブラインドダンスを成功させなければ。ブラインドダンスに関わったことが必然ならば、この病気もまた必然。そして、この時期に再々発したことも必然。

答えは、一つしかありませんでした。「先生、どうあっても手術は……八月二七日以降でお願いいいたします！」。執刀医は驚きを隠しきれない様子でしたが、九月に予定していた夏休みを返上して、私の手術をしてくださることになりました。手術日は、九月一五日に決定したのです。

手術延期と世界初の選手権

二〇〇六年八月二七日。とうとう、世界初の「第一回全日本ブラインドダンス選手権大会」の日がやってきました。

当日の私は、『24時間テレビ』の出演者でもありました。なので、番組出演者であるウリナリ芸能人社交ダンス部のタレントとのカップルにはずっと付き添うことができましたが、八王子盲学校の生徒や先生とのカップルにはそれができない状況でした。とても残念でならなかったのですが、立場上どうしようもありませんでした。八王子盲学校社交ダンス部「八盲マルベリーズ」のお世話は、今回ずっと私のアシスタントをしてくれていた大学生アマチュアダンサーの二人に重々お願いして、もっぱらウリナリの応援席から声援を送ることになりました。

まずは、スタンダード部門。ワルツとタンゴの競技が準決勝まで行われました。ウリナリから出場した二カップルは、順調に準決勝に進出しました。八盲マルベリーズからは四カップルが出場。しかし、スタンダード部門は男女がずっと組んで踊るため、初心者同士ではなかなか難しいこともあり、残念ながら四カップルとも敗退してしまいました。

着替えをはさんで、ラテン部門、ルンバとチャチャチャの競技が行われました。ウリナリからは四カップルが出場。四カップルとも危なげなく準決勝に勝ち進んでいきました。八盲マルベリーズからは、ルンバに四カップルが出場しました。二人で組むことが少なく、リズム感のあるラテン部門は、初心者でも年齢の若い彼らには有利であると考えていました。すると、なんと四カップル中、二カップルが準決勝に進出したのです。

「シオノが残っている！　あっ、アンリもだ！」。体育教師と組んだシオノ組は、二人とも背が高くてスタイルが良く、音楽さえ外さなければ残ってくると思っていました。しかし、別の体育教師と組んだアンリ組は、ダークホースでした。アンリは高校一年生、大会出場者最年少の一六歳でした。見た目は本当にかわいい全盲の少女です。しかし、初めて私のレッスンを受けた時は、立つことがやっとに見えました。「右」「左」と言っても反応が遅く、順序良くステップを踏むことや、音楽に合わせて踊ることは、かなり困難に思えました。

そんなアンリが、今、ヒールを履いて、ドレスを着て、お化粧をして、スポットライトを浴びながら踊っているのです。私の目から涙があふれてきました。良かった！　本当に良かった！　アンリが笑顔で踊っている！　なんて尊くて価値のあることなのでしょう！　この一カ月間、がんの再々発を忘れ、私がいのちを懸けてやってきたことに、意味はあったのです。もう涙で化粧が落ちようが、それがテレビに映ろうが、そんなことはどうでもいいと思いました。

すべての部門の準決勝が終了し、あとは決勝を残すのみとなりました。会場の一角で、テレビカメラを前に、ウリナリチームの発表が行われました。『24時間テレビ』のアナウンサーが、結果の書かれた紙を手にしていました。

「それでは、発表します！」。緊張の一瞬。みんな、目を瞑り手を合わせて祈っていました。「ウリナリ芸能人社交ダンス部……全員が、決勝進出です！」「やったー！」。みんなで飛び上がって喜びました。

「全員、全員だって。ううっ」。またもや涙があふれてきました。一日のうちに、西は八王子、東は千葉県八千代市でレッスンをし、さらに日本テレビに戻ってレッスンをしたこともありました。ウリナリのタレントさんや視覚障がい者の方々、それに日本テレビのスタッフは、それぞれその場所にいて、私だけが移動してまわるということもありました。再々発の事実を自分だけの胸に秘め、手術を後回しにしました。悪化することも覚悟をしながら、「がんのことは一カ月忘れる！」と決意し、ブラインドダンス立ち上げのために奔走したのでした。そのすべてが、今この瞬間に報われた気がしました。

結果は、ウリナリチームは全員が決勝に入賞。そして、なんと八盲マルベリーズからも決勝進出者が出ていました。初心者同士のカップル、体育教師と組んだシオノ組が、第五位入賞を果たしたのです。当日、表彰式のプレゼンターも務めた私は、栄光のファイナリストたちと、フロアー上で抱き合って喜びました。

その感動は、表彰式のあとも続きました。みんなが踊ったそのフロアーで、八盲マルベリーズの全員から、私は感謝の手紙をもらったのです。みんなの笑顔が詰まった写真もあり、音声パソコンで書いたのでしょうか、そのプリントアウトがあり、点字があり、直筆もありました。みんなそれぞれができる方法で、心を込めて書いてくれたのでした。私の目からは、涙がこぼれっぱなしでした。みんなの成長を、そしてそれに関われたことを、この上なくうれしく思いました。このみんなからの手紙は、これからずっと私の大切な宝物になるだろうと確信しました。そして何より、この年の『24時間テレビ』のテーマであった「絆」が、そこにしっかりと生まれていたのです。

片づけも終了し、今日までのお礼を伝えるため、会場の日本テレビのスタッフ控室に私は向かいました。すると、総合演出家兼プロデューサーの方から、私の大好きなユリとヒマワリの花束をいただきました。

第1回全日本ブラインドダンス選手権大会の表彰式後、八王子盲学校のみんなと（著者は中央）

「一番骨を折っていただいたのはゆりえ先生ですから、近々またおいしいものでも食べに行きましょう」。彼は、笑顔で私を誘ってくださいました。「ありがとうございます。でも、たぶん私、すぐにいなくなりますから……お約束はできないと思います。今日まで、本当にありがとうございました」。

「えっ、留学ですか?」。彼は少し驚いて聞き返してきました。「いえ、違います」「じゃあ、ご結婚ですか?」「そうだといいんですけどね」。私は、あはは笑って、質問をかわしました。

「じゃあ、すぐに連絡を入れますからね」。彼の陽気な言葉に背を向けながら、私は涙がこぼれ落ちそうになるのをこらえて、その場を立ち去りました。明日から、「自分の現実」と向き合わなければならない私がそこにいたのでした。

「幻の手術」とやっておきたいこと

大会三日後の八月三〇日。私は、一カ月ぶりに大学病院を訪れました。九月一五日に迫った手術の術前検査を受けるためでした。腫瘍の大きさや個数を確認しておくため、CTも撮影し、すぐに読影をしていただきました。すると……一カ月前、CT上に確かに存在していた腫瘍が見つかりません。エコーをかけても何も映りませんでした。こんなことって？　執刀医も驚き、「もう一度、放射線科のカンファレンス（会議）にかけてみますから、判断はその後にしましょう。一五日の手術はそのままにしておきますから、また五日に来てください。しかし、不思議なことがあるものだ……」。

九月五日、再び私は大学病院を訪れました。放射線科の会議の結果は、「腫瘍は存在しない」ということになっていました。エコーもかけてみましたが、やはり何も映りませんでした。「おめでとう！　一五日の手術はキャンセルですね」そう執刀医に告げられました。「本当ですか？　手術をしなくてもいいんですか？」「ええ、手術をしても、取り出すものが無いですからね」執刀医は笑いながらそう答えました。「ああ、良かった」。大会一カ月前に見つかった四センチ大の肉腫は奇跡的に消滅し、手術はキャンセルになったのです。「でも、あまり無理をしないで、また一カ月後に検査に来てくださいね」「はい、ありがとうございます」。

こうして、予定されていた再々発のための手術は幻となりました。会計の窓口に書類を出すと、私は支払いまでの時間を待つことができませんでした。すぐにエスカレーターで下に行き、玄関から外に出ました。そして、仕事中であろう兄にメールを送りました。「お兄ちゃん、やっぱり腫瘍はなくなっていたよ！　一五日の手術はキャンセルになりました。飛行機もキャンセルしてね」。それから、ホームドクターに電話をかけて、このことを伝えました。「よかったね、おめでとう！　信じる者は救われる、だね。これからも腫瘍は二度と出てこないって信じて、強く生きるんだよ」「はい、ありがとうございます」。そう言って電話を切ると、すぐに電話が鳴りました。兄からでした。「メール見たよ。よかったなあ、おめでとう！」「うん、ありがとう。でもね、今度もお休みを取ってくれて、飛行機も予約したでしょう？　全部キャンセルしなくちゃいけないね。面倒をかけてごめんなさい」「そんなこと、何でもないじゃないか！

お前はいつも人のことばかり気にかけて……これからは、自分のことも大切にするんだよ」「うん、わかった。ありがとう！」。

どうして肉腫が消えたのか？　それは誰にもわかりませんし、証明することもできません。ただ、「がん」ではごく稀に自然退縮することがあるとは言われています。しかし、大会までの最後の一カ月の間、私がこう考えていたのは確かです。「視覚に障がいのある方々が、これからブラインドダンスを楽しみ、生きがいとして生きていただけたら。その経験と自信を持って、何事にも積極的に挑戦していただけたら。こんなにありがたくしあわせなことはありません。たとえ私が天に召されても、私の技術やブラインドダンスがこの世に生き続けるのですから」と。


実は私には、手術があろうとあるまいと、どうしてもやっておきたいことが残っていました。それは、大会終了後のフロアーで、八盲マルベリーズ（八王子盲学校ダンス部）のみんなから感謝の手紙をもらった際に、そばにいた八王子盲学校の校長先生に、私が告げたことでした。

「さっき表彰式で賞状をもらった生徒もいますが、私は生徒全員に賞状をあげたいんです。一番あげたいと思っているのは、トミーというのは、ワルツの一次予選で落ちてしまった生徒のことでした。「だって、トミーだけが皆勤なんですよ。気温が四〇度にも達するあの体育館の中で、二カ月におよぶ練習を私とやり遂げたのは、トミーだけなんです」。

真夏には40℃にもなる八王子盲学校体育館でのレッスン風景（中央が著者）

　それを聞いた校長先生は、目に涙を浮かべてこうおっしゃいました。「ゆりえ先生、ありがとうございます。生徒のことを、そこまで見ていてくださったなんて。そのことが一番うれしい……」。続けて、校長先生は言いました。「私もトミーが一番がんばったと思います。実は、ゆりえ先生はご存じないかもしれませんが、トミーは家の事情で、親と離れて施設から学校に通っているんです」。ああ、そうだったのか……私には、納得するところがありました。私は「だから、最初ちょっと斜に構えていたんですね。でも私はトミーはいい子だと思っていたから、何を言われても全然気にしていなかったでしょう?」と返すと、「ええ、そうでしたね」と校長。

「ねえ校長先生、そのトミーがさっき、なんて言ったと思います?」「さあ?」。「七三分けの髪で、慣れない燕尾服を着て、両手で握手を求めてきたんです。そして、『ゆりえ先生、ありがとうございました。一次予選で落ちてしまったけど、本当に楽しかったです。どうかこれからもダンスを教えてください』、ですって……」「そうでしたか……」。私と校長先生の頬には、また一つ涙がこぼれていました。

私の表彰式

九月二二日、本来なら再々発の手術を受けて、まだ入院をしているはずの頃。八王子盲学校の教室で、全日本ブラインドダンス選手権大会の打ち上げが行われました。校長先生が特別に許可を出してくださったのです。盲学校の先生が撮影してくださった大会当日のビデオも流されました。そして、この日のために、私はお手製の賞状を作り、プレゼントを用意していました。

「私の表彰式」が始まりました。この表彰式をしたいと思ったきっかけは、大会の練習にすべて参加したトミーに皆勤賞をあげたかったことだと、最初にみんなに告げました。なので、トミーから表彰をしました。「皆勤賞、一番がんばったde賞」をトミーに授与しました。「僕はこれまで、こんなに褒めてもらったことがなくて、本当にうれしいです！　これからも、ご指導よろしくお願いします！」。トミーは上気した顔でお礼を言ってくれました。

次は、トミーのパートナーを務めたオカベさん。このカップルは弱視同士で、スタンダード部門のワルツに挑戦してくれました。「とってもエレガントだったde賞」をオカベさんに手渡しました。この時、賞状と一緒に、「ローズクォーツのブレスレット」を女の子全員に贈りました。「ピンクという色はね、女性をしあわせにする色なのよ。見ている人もしあわせにする色なの。だから、着けている人も、見ている人もしあわせになれるのよ。そして、ローズクォーツは、愛と美の女神アフロディーテから生まれたと言われる、女性の守護石なの。みんなにしあわせになってもらいたいという願いを込めて贈りますね」。

「先生、どうして私たちにここまでしてくださるんですか？」年長のオカベさんが、みんなの気持ちを代弁するかのように聞いてきました。「みんなにしあわせになってほしいから……。世界中にはね、六五億人もの人がいるの。その中で、どれだけの人と出会えるかわからないじゃない？　今、私と八盲マルベリーズのみんなが出会っているということは、すごいことなのよ。ご縁なんだと思うの。だから、私は出会った人はみんな大切にしたいし、みんなしあわせになってもらいたいの」私はそう答えて、笑みを浮かべました。教室のあちこちから、すすり泣きの声が聞こえてきました。

次に表彰したのは、高校三年生の弱視のマミちゃんでした。一次予選で落ちてしまいましたが、「お姫様になった気分！」と言って、その真っ白なドレスを最後まで脱ごうとはしませんでした。そんなマミちゃんには、「とってもお姫様だったde賞」を贈りました。

次に、みんなよりちょっとお姉さんで、いつも明るい理療科のゴイシちゃん。夏休みには他県の実家に帰らなくてはならず、家でワルツのシャドウ（一人での練習）をすることが多かったのですが、練習に出てくればいつも場を盛り上げてくれました。そんなゴイシちゃんには、「とっても明るいムードメーカーだったde賞」を贈りました。

そのゴイシちゃんが「もう耐えられない……」と泣き出して、こう言いました。「私たち弱視の子は、ちょっと見える分だけ、全盲の子より良くできて当たり前だと思っているんです。でも、全盲の子と較べてよくできましたねって、いつも褒められるんです。それが嫌で嫌で、馬鹿にされている気がして。でもゆりえ先生は違った。『ゴイシちゃんなら、もっとこうできるでしょう?』って、なかなか褒めてくれなかった。だから『よし、がんばろう!』って。本当にうれしかった。そんな気持ちにさせてくれたのは、ゆりえ先生が初めてです!」ゴイシちゃんは続けて言いました。「私、ダンスはスタイルが良くて美しい人がやるもんだと思っていました。だから自分なんかがやるもんじゃないと、最初は嫌々ながらやっていたんです。でも、だんだんダンスが面白くなって。いつも『私を見ないで!』って、世間から隠れるようにして生きてきたのに……。あの日は、ドレスを着てヒールを履いて、髪を上げてお化粧をして、『私を見て!』って思って踊れたんです! 人に見られることの快感を経験したのは、これが初めてです!」。

視覚障がい者にとって、人に見られることを意識するのは大切なことだと思うのです。特に、女の子にとってはとても重要なことではないでしょうか？　私がローズクォーツのブレスレットを女の子みんなにプレゼントしたのは、こういう気持ちをずっと持ち続けてほしいとも思ったからなのでした。

次から次へと表彰は続きました。大会最年少、一六歳で準決勝に残ったアンリには、「一番若くてかわいかったde賞」。初心者同士で踊ったにもかかわらず、ルンバ女性部門で五位に入賞したシオノには、「初心者同士でファイナリストになったde賞」。そして、日本テレビが結成した芸能人社交ダンス部のタレントさんと踊った生徒たちには、「モンチッチみたいでかわいかったde賞」「とってもエロかったde賞」そして、お笑い芸人のナンチャンと踊った全盲の美少女レナには「ボールルームクィーン賞」を贈りました。

次に、生徒たちのために夏休み返上で練習に付き合い、パートナーとして大会に出場してくださった先生方へ。特に、私の一本の電話からずっと面倒を見てくださった功労者の体育教師には「一番お世話をしてくださったde賞」を贈りました。そして、陰ながら応援し、いつも支えてくださった校長先生と副校長先生。日頃の練習に付き合い、当日も引率をしてお世話をしてくださった先生方。みなさんには、私からの「感謝状」を贈らせていただきました。

八王子盲学校の体育館で先生と生徒と（著者は前列左から2人目）

「私の表彰式」。それは、涙の止まらない温かなセレモニーでした。私の瞳も涙で濡れ、その瞳はみんなにこう語りかけていました。「みなさんに注いだ愛のお返しに、私は『いのち』という尊いプレゼントをいただきました。みんな、本当にありがとう。これからも私は、このいのちある限り、愛を与え続けたいと思います。いつまた再発するかもしれない肉腫でさえも、私を人間的に成長させてくれるものとして、感謝して付き合っていこうと思っています。それが私に与えられた運命だと思うから」。

chapter 5

母へのカミングアウト——新たな目標

カミングアウトと「サルコーマセンター」

私の再々発の肉腫は奇跡的に消滅し、手術は幻となりました。しかし、血液にのって身体中どこにでも再発・転移を繰り返す「肉腫」はやわな相手ではありませんでした。一年後の夏、またもや肉腫は現れました。今度は、第二回のブラインドダンス選手権大会に間に合うようにと、二〇〇七年七月に三度目となる手術を受けました。そして、取り出した腫瘍組織を、数少ない肉腫の研究者に科学的に解析していただきました。その結果、肉腫は、現在有効な治療薬や治療法もなく、「できては取る」の繰り返しなのだということを思い知らされました。加えて、患者数が少なく治療法が確立されていないことから、研究者や専門医もほとんどおらず、世界的に「忘れられたがん（Forgotten Cancer）」と呼ばれているということを痛感させられたのでした。

そして、このままでは肉腫は「忘れられたがん」のままになってしまう。誰かが立ち上がらなければ、それは患者自身でなければ、と思うようになりました。それは、もしかしたら、テレビなどメディアに出演させていただいている私なら可能なのではないか、と考えるようになりました。これを機に、母にもまわりにも「逆告知」をしてこなかった私が、自分自身ががん患者、しかも希少がんの肉腫患者であるということをカミングアウトする決意をしたのでした。

まずは厚生労働省に訴えました。肉腫は治療法が未確立の「難病」で、かつ患者が希少であるにもかかわらず、「特定疾患」に認定されていないからです。答えは、肉腫は確かに「難病」ではあるが「がん」の一種なので、「がん対策」で対応しているとのことでした。しかし、本当に対応していただいているのでしょうか？

当時施行されたばかりの「がん対策基本法」は、患者数の多い胃がんや肺がんなどの「五大がん」が中心の内容で、「均てん化」が謳われていました。「均てん化」とは、簡単に言うと、日本中どこに住んでいても、自宅や家族の近くで等しく標準治療が受けられるように、専門医や施設を整備するということです。もちろんメジャーながんではそれは素晴らしいことだと考えますが、肉腫のような希少がんには、その前に、別の視点「集約化」が必要なのではないでしょうか？　まずは、研究者や専門医、患者やそのデータを集約し、治療薬や治療法を開発すべきではないでしょうか？　そうでなければ、すべての希少がんにとって、実の伴わないレベルの低い「均てん化」になってしまいます。

ならば、やはり「肉腫」を皆さんに知っていただくことから始めよう、と考えました。ただ、自分ががん患者であることは母にすら隠していた状態だったので、まず最初に、母に自分の口から丁寧に伝えなければ、と思いました。まわりへのカミングアウトの前に、母への「逆告知」をしなければならないと考えたのです。

すでに二番目の兄を若くして亡くしている私が、自分までもが親である母よりも早く逝ってしまうかもしれないということを母に告げるのは、自分の病気よりも何よりもつらく避けたいことでした。しかし、自分の後に続く肉腫患者さんのためにと、年末年始の帰省の折、意を決して母に「逆告知」をしたのでした。すると、母は驚き落胆しながらも、「応援するからね」と言ってくれたのです。母に病気のことを隠して闘

がん患者支援イベント「リレーフォーライフ in 新横浜」において、サルコーマセンター設立を呼びかける著者（中央）

病していた三年。その間の胸のつかえがスッと取れた気がした瞬間でした。

翌二〇〇八年五月、それまでの闘病体験を一冊の本にまとめて、『いのちのダンス～舞姫の選択～』（河出書房新社刊）として出版させていただきました。この拙著の中で、自分が肉腫患者であることをカミングアウトしたのです。同時期に、それまで社交ダンスの番組に出演し、ご縁のあった日本テレビで、『5年後、私は生きていますか？』という二時間のドキュメンタリー番組を制作・放映していただきました。その撮影中には四度目の手術も受け、その後も、テレビ・ラジオ・イベント・講演会などへの出演や、新聞・雑誌・ブログなどの記事発信によって、私の「思い」を訴え続けました。

この過程で、「真に肉腫患者さんのためになることは何か?」と自分自身に問い続けた結果、肉腫診療の先進国である米国にはあって日本には一つもない「サルコーマセンター(肉腫専門の診断治療施設)」を、まずは一つ日本に設立しようという考えに達しました。

この年の九月、横浜で開催されたがん患者支援イベント「リレーフォーライフin新横浜」に出演し、「日本にサルコーマセンターをつくりませんか?」と設立を呼びかけさせていただきました。すると、参加者である肉腫患者さんやその家族の方々が、泣きながら拍手をし賛同してくださったのです。それまでたった一人で啓発活動をしてきた私は、自分の考えが「独りよがり」ではなかったことを、心から神様に感謝しました。そして、これこそがみんなの「悲願」であると確信し、設立への決意を強くしたのです。

実はこの時私は、二週間後に五度目の手術を控えていました。この「日本にサルコーマセンターをつくる!」という決意を胸に、私はまた次なる闘いへと挑んでいったのでした。

サルコーマセンター誕生と「五年生存達成」

二〇〇八年一〇月、私は五度目の手術を受けました。

それは、アメリカにはあって、日本には一つもない「サルコーマセンター」の設立を訴えた、がん患者支援イベント「リレーフォーライフin新横浜」の二週間後のことでした。そして、これまでで一番大きな手術となりました。それも束の間、退院後すぐに、日本にサルコーマセンターを設立するためのアクションを起こしました。

まず、「日本に『サルコーマセンターを設立する会』（ＪＳＣＰ＝Japan Sarcoma Center Project）」を発足させることを自分のブログで呼びかけました。そして、賛同してくださった方々と準備委員会を重ねました。この会は、所謂、純粋な「患者会」ではなく、肉腫患者や患者家族、医療関係者、サポーターなどの有志が、立場は違えども一つの目標に向かって「協働」する会としました。翌二〇〇九年二月九日に正式に発足をしました。

発足の前日である二月八日に、「日本に『サルコーマセンターを設立する会』発足記念前夜祭」と銘打って、国立がんセンター中央病院（東京都中央区）内にある国際会議場で「肉腫患者大集会」を開催しました。希少がん対象で、かつ、任意団体である にもかかわらず、約二〇〇名の参加をいただきました。また、テレビをはじめとする 多数のメディアに取材を受け、当日のニュースでも放映していただいたのでした。

この年の七月には、JSCP主催で国立がんセンターをはじめとする各科のがん専門医の方々をお招きして、「日本におけるサルコーマ診療の体系化を考えよう!」というテーマで、シンポジウムを開催しました。これがきっかけとなり、医療者の協力の下、九月一日には国立がんセンター中央病院内に、日本初の「肉腫(サルコーマ)診療グループ」が誕生するに至りました。グループ内には、肉腫専門医が電話で診療相談に応じる「肉腫ホットライン」が開設されました。各部位の外科医や腫瘍内科医、放射線科医や病理医など一三科四〇名以上のがん専門医が患者一人ひとりの治療方針を検討する「サルコーマカンファレンス」も定期的に開かれるようになりました。

JSCP発足一周年の二〇一〇年二月には、これを記念して、肉腫を広く知ってもらうためのマンガパンフレット『肉腫(サルコーマ)ってなぁに?』を発行しました。

全国のがん拠点病院（当時は三七五病院）に無料配布をし、患者さんが手にとって読んでいただけるようにしました。

六月には、米国最大のがん専門病院、テキサス州立大学MDアンダーソンがんセンターの「サルコーマセンター」を視察しました。充実した設備とスタッフはうらやましい限りでしたが、日本では、肉腫の希少性と米国との国民性や条件の違いなどをふまえた上で考えていくことが課題である、と痛感しました。米国から帰国後、国立がん研究センターにその視察報告をするとともに、肉腫診療を行っていることがわかりやすいように、院内に「肉腫（サルコーマ）外来」をつくっていただきました。加えて、それまでがん以外の病気も持つ患者さんは国立がんセンターでは手術ができなかったのですが、院内に「総合内科」を設置していただくことで、それが可能となりました。

実は、これらの活動の間にも私の肉腫は進行し続けました。二〇〇九年夏には初めての「転移」が両肺に見つかりました。片肺ずつの手術では手遅れになってしまうと、両肺同時に手術を受けました。そして、翌二〇一〇年の米国でのサルコーマセンター視察から帰国後まもなく、腕や背中への転移が見つかり、七度目となる手術を受けました。どちらも、年に一度開催されるブラインドダンスの全国大会を見届けるまでは、と、公表をせず手術を延期し、大会終了後自分の闘いに臨んだのでした。

二〇〇八年五月に、日本テレビの『5年後、私は生きていますか?』という二時間のドキュメンタリー番組で、自分が肉腫に罹患していることをカミングアウトしてから約二年が経った頃。おかげさまで、二〇一〇年二月には「五年生存」を達成することができました。

がん患者にとって一つの節目となる「五年」という歳月。それまでに六度の再発・転移手術を受けており、もう再発・転移をしないわけでも完治をしたわけでもないことは、自分自身が十分承知していました。しかし、自分が生きて五年生存率を少しでも上げ、私の後に続く肉腫患者さんの「希望」や一筋の光になることができたらと願い生きてきたので、それをクリアできたことは喜ばしいことに違いはありませんでした。

三月の自分の誕生日と合わせて、それまで私を支えてくださった皆様と一緒に、お

「5年生存達成」記念パーティーでプレゼントに囲まれた著者

いしい料理を食べ、プロのギターに合わせてフラメンコを踊り（前年の両肺転移手術直前にプロデビューを遂げた）、楽しいひとときを過ごさせていただきました。

このように繰り返される肉腫との闘いと活動の中で、この時私はこう考えていました。

〝肉腫に罹患した当初は、もちろんうれしくはないけれども、「あなたならきっと乗り越えられる」と神様から与えられた「試練」をありがたく受け入れよう。そして、私に続く現在と未来の患者さんのためにと活動をさせていただく中で、このことを「使命」だと考えよう。肉腫に罹患し、がん患者として生きて活動させていただくことで出会った人や経験したコトやモノを「神様からの贈り物」（"Cancer Gift"ともいう）だと思い、心より感謝しよう"と。

そして、"「いのち」があることは当たり前ではありません。与えていただいたこの「いのち」を、「ブラインドダンス」と「サルコーマセンターの設立」に捧げよう。与えられた環境の中で「いかに生きるか」ということが、一番大切なことではないか！"と。

「いのちの授業」と当事者研究

七度目の手術が終わって、私は、子どもたちに「いのち」について考えてもらう「いのちの授業」を始めることができました。二〇〇八年五月に、自身ががん患者であることをカミングアウトして以来、ありがたいことに、患者さんや医療関係者や一般の方々を対象に、病院や学会や講演会・イベントなどでお話をする機会をたくさんいただくようになりました。しかしながら、私ががん罹患体験から学んだ「いのちの大切さ」や「今という時間の貴重さ」、そして「自分を大切にすること」「他者を思いやること」というのは、患者さんや大人だけでなく、そんなことを考えたこともないような世代の子どもたちにも必要なのではないかと思うに至っていました。なので、次世代を担う子どもたちを対象に、学校で「いのちの授業」を行いたい、と熱望していたのです。

まずは、都下の中学校を中心に「いのちの授業」を始めました。生徒のみならず、教師・保護者そして可能なら地域の方々にも参加していただくようにしました。「講演」ではなく「授業」ですから、お話をするだけでなく、事前に私のビデオを観ていただいたり、ワークシートに記入してもらったり、もちろん直接お話をした後は、子どもたちからの自主的な質問に答える質疑応答の時間も設けました。「まわりにがんの友だちがいたら、どう助けてあげれば良いですか?」「僕たちが今、がん患者さんのためにできることは何ですか?」など、友だちや社会的弱者に対して「今」の自分ができることを模索する子どもたちの姿勢に、感動を覚えると共に、「いのちの授業」をさせていただける喜びをひしひしと感じていました。以前から「いのちの授業をしたい」ということをまわりに話しており、「強く願えば叶う!」ということを実感し、心から感謝をしたのでした。

翌二〇一一年、またもや再発・転移が判明し、私は八度目の手術を受けました。今度は、胴体・太ももへの転移に加え、二年前に手術をした左肺にも再発をしたのでした。この時は、がん罹患後に立ちあげた「ブラインドダンス（視覚障がい者のためのダンス）」の第六回全日本選手権（毎年八月末に開催）に間に合うようにと、七月中に手術を受けました。複数の科の執刀医が入り、手術中に三度も体位を変えながらの一〇時間にも及ぶ大きな手術でした。術後できる限り早く（約三時間後）に歩き始めるのを常としていた私ではありましたが、長時間に及ぶ麻酔の影響で、この時ばかりは次の日の朝まで記憶がなく眠り続けていました。

そして、「三度目の正直」や「七転び八起き」など、手術の回数を重ねる度に、「これが最後！」と自分に言い聞かせ鼓舞してきた私でしたが、二〇一二年春には九度目の手術を受けることになりました。一〇度目を目前にして、この時はさすがに「二ケタにはいきたくない」「これで打ち止め」などと願ってやみませんでした。

この九度目の手術が終わり、夏が訪れた頃、私の人生において大きな転機となることが起きました。東京大学医科学研究所の先端医療社会コミュニケーションシステム社会連携部門の研究室に籍を置き、東京大学大学院経済学研究科の松井彰彦教授の「社会的障害の経済理論・実証研究」（REASE）のプロジェクトメンバーとならせていただいたのです。具体的にいうと、「社会的障害」（いわゆる「障がい者」だけでなく、例えば被災地や病気の方々が抱える障がいなど）の中で、「がん」の長期療養者としての立場から、その経済（治療費や生活の経済的問題など）を研究させていただくことになったのです。がん患者という当事者の立場で、医療者や研究者と患者とをつなぐ役割を担うことになったのでした。実践はもちろん重要ですが、それを後世に活かすためにも、研究をしたり文章と

がん研有明病院に誕生した「サルコーマセンター」の表示と著者

して残すことも必要だと感じていた矢先だったので、渡りに船とはこのことでした。

そして、私が東京大学に勤めるのと同時期に、がん研有明病院（東京都江東区）内に念願であった「サルコーマセンター」が誕生しました。遡ること三年、JSCPを発足してまもなく、国立がん研究センター中央病院（東京都中央区）内に「肉腫（サルコーマ）診療グループ」という名前ではありましたが、肉腫を専門に扱うセンターができていました。これで、日本を代表する二つのがん専門病院内に「肉腫（サルコーマ）」を標榜するセンターができたことになったのです。どちらも、その当時、それぞれの理事や病院長であった土屋了介先生のご英断とご尽力によるものでした。その看板を見た時には、あふれる涙が止まりませんでした。と同時に、名前だけではなく実も伴ったものになるよう、これからも支えてくださる患者さんや患者家族、そして医療者やサポーターの方々と「協働」していきたい、との決意を新たにしたのでした。

「一〇年生存」を達成して

「二ケタにはいきたくない！」と願っていた手術の回数でしたが、二〇一二年の年末に連続して二度の転移手術を受け、これを容易く超えてしまいました。

加えて、二〇一三年には二度、二〇一四年には五度の手術を経験することとなりました。これらによって、二〇一五年二月二一日の「一〇年生存」達成までに、合計一八度の手術と五度の放射線治療を克服し、現在に至っています。

神様に生かしていただき、かつ、まわりの方々に支えていただき、おかげさまで「一〇年生存」を達成できた今、希少がんである「肉腫（サルコーマ）」との闘いを振り返ってみると、とても感慨深いものがあります。「五年生きることができるのだろうか？」と考えていた、罹患した当初には想像もしていなかった自分がここに存在しているのです。

私は、希少がんである肉腫（サルコーマ）に罹患することで様々なものを失いました。以前できていたにもかかわらずできなくなったことも、日々増えています。しかし、私はこのことを「不自由ではあるけれど、不幸ではない」と考えています。罹患したからこそ得たもの、できるようになったこともたくさんあります。私はがんに罹患したことを当初、神様が与えてくださった「試練」だとありがたく受け入れました。これを、自分の後に続く現在や未来の患者さんのためにと活動していくうちに、「使

「10年生存」を達成する2015年の初詣にて

命」だと感じるようになりました。今では、罹患したからこそ出会えたヒトや経験できたコトやモノを、「神様からの贈り物」だと思い、深く感謝しています。

私は、エンドポイントは「神のみぞ知る」と思っています。その最後の瞬間まで、生かしていただいていることに感謝し、社会や人様のお役に立てるよう、この「いのち」をキラキラと輝かせながら生きていきたいと、「一〇年生存」を達成した今、願っています。

2

キャンサーギフト　～神様からの贈り物～

chapter 1

花を愛でるしあわせ

河津桜に寄せる想い

二〇一五年二月二一日。希少がんである「後腹膜平滑筋肉腫」に対する最初の手術を受けてから、一〇年が経ちました。おかげさまで、私は「一〇年生存」を達成することができたのです。

そこで心機一転、「『がん』と闘う舞姫」を連載させていただいた月刊「かまくら春秋」に新連載を始めさせていただくことになったのです。「『がん』と闘う舞姫」では時系列で綴っていましたが、新連載では毎号テーマを変えて書かせていただくことにしました。

そこで、新連載のタイトルを決めるにあたって、実はいろいろと悩みました。私はお笑いタレントの明石家さんまさんが座右の銘にしている「生きてるだけで丸儲け」というフレーズが好きで、なんとかこのフレーズを活かせないものかと考えていました。もちろん、自分が「肉腫（サルコーマ）」に罹患したことはうれしいことではありませんし、上を見れば限りがありません。しかし、一八度の手術と五度の放射線治療を経験してはきたものの、こうやって一〇年間生かしていただいていることはありがたいことに違いありません。そして、「生きてる」からこそ、良くも悪くもさらなる経験を重ねることができるのだと思うのです。そのため今の私には、この「生きてるだけで丸儲け」というフレーズは強く心に響くのです。とはいうものの、新連載のタイトルにするには、もう少し上品な言いまわしが適切だと思い、考えあぐねていました。

するとしばらくして、朝シャワーを浴びている時に、ふと「キャンサーギフト」(Cancer Gift) という言葉が頭に浮かんできたのです。そうだ、私がこれから書かせていただこうとしているのは、まさしくこれではないか、と。

私は、「肉腫」に罹患して、様々なものを失いました。できなくなったこともたくさんありますし、それは日々増えています。「悔しい」と一人で涙する夜もあります。でも、生来の性格でしょうか？　まわりに話しても、できるようになるわけではないし、悔しい思いが消えるわけでもありません。ただその思いを、建設的な方向へのモチベーションとパワーに変えて、一人静かに「昇華」させてきました。

以前も書きましたが、私は「がん告知」を受けた当初、神様から与えられた「試練」だと、ありがたく受け入れようと思いました。しかし、私の後に続く現在や未来の患者さんのためにと、がんや肉腫の啓発活動や診療改善活動を続けていくうちに、神様から与えられた「使命」だと考えるようになりました。そして今では、がん（キャンサー）に罹患し活動することによって出会えた人や仲間、経験することのできたことや得ることのできたもの、それらすべてを「キャンサーギフト～神様からの贈り物」だと思い、深く感謝しています。

人間は「足るを知る」ことが大切だと思います。これが足りない、あれがない、それができないではなく、これもありがたい、あれもある、それもできると思えるかどうか。足りないもの、無いもの、できないことに不平不満を言うのではなく、他にあるもの、できること、させていただけることに感謝をし生きていけたら、それはどれほどしあわせなことかと思います。もちろん、がんになったこと自体はうれしくないことかもしれませんが、がんになったことで得られたものもたくさんあるはずです。それらに目を向けてみてはいかがでしょうか?

「10年生存」を達成した2015年2月末、河津桜と菜の花に囲まれた著者

話は変わりますが、私は元来、花が好きでした。それは母の影響かもしれません。父が国家公務員だったため、我が家は転勤族だったのですが、なぜかうちの庭にはいつも花が咲いていました。母はその花を束ねて花束をつくっては、週に

一度は学校に持って行かせてくれました。もちろん、その花瓶の水を換えたり、世話をするのは私でした。

がんに罹患してからは、その「花を愛でる」ことが、とてつもなく愛おしく思えるようになりました。四月には桜を愛で、五月にはバラ、六月にはアジサイと、毎月のように花の観賞に行くようになったのです。そして、今年の花を愛でることができたことに感謝をし、また来年も愛でることができるように祈るようになりました。四季のある日本に生まれ、季節毎にいろいろな花を愛でることができるのを、今はとてもしあわせに感じています。

そんな中、二月後半から三月はじめにかけて咲く河津桜（静岡県河津町の早咲きの桜）には、特別な想いがあります。きっかけは、二〇〇八年に自分ががんであると公表した二時間のドキュメンタリー番組『5年後、私は生きていますか？』（日本テレビ系）のロケで、その年の誕生日に河津に行ったことでした。灰色の寒く厳しい冬を耐えて、早春に咲く黄色い菜の花と濃いピンクの河津桜。その鮮やかな色のコントラストに感動すると同時に、春の生命力の息吹を感じたのです。

それからというもの、河津に行くことは私の年中行事となりました。二月二一日の生存記念日と三月六日の誕生日。セカンドバースデーと本来のバースデー。奇しくも私の「生命」の記念日と時期を同じくして咲き誇る河津桜。また一年生かしていただいたことへの感謝と、一年がんばった自分へのご褒美に、毎年河津桜を愛でるのです。実は二〇一五年も、二月末に河津へ行き、満開の河津桜を愛でることができました。そこで、「また来年も愛でることができますように」と心から願ってきました。「花を愛でる」ことを楽しめるようになったこともまた、「キャンサーギフト」の一つだと思える私です。

「一〇年生存達成」パーティー

「ハッピーバースデー、ディアゆりえさ~ん♪ハッピーバースデー、トゥーユー♪」ハッピーバースデーの歌の合唱がレストランに響きわたる中、私は、深紅のバラと真っ赤なイチゴで飾られた大きなケーキに立つ一〇本のローソクの火を吹き消しました。

そう、この日は私の誕生日。もちろん私が一〇歳のわけがありません。私ががんに対する最初の手術を受けた日、新たな「生」を享けた「セカンドバースデー」から一〇年が経ったお祝いの日だったのです。

遡ること一〇年。「後腹膜平滑筋肉腫」というがんの告知を受けました。後になって、進行性の私の状態は、「五年生存率七％」であることも知ることとなります。このような状態でしたから、「五年」生きることもままならないと考えていました。

しかしながら、おかげさまで、「五年生存達成」を経て、二〇一五年二月二一日に「一〇年生存」を達成することができました。一〇年生かしていただいたことに深く感謝し、「五年生存達成」の際にさせていただいたように、いつも私を支えてくださっている方々にお集まりいただき、パーティーを開くことにしました。

二月二一日は、日本武道館で開催するアジア最大のダンス競技会「アジアオープンダンス選手権大会」（私は、司会とブラインドダンス一〇周年記念イベントの仕事があり）の前日であったことから、三月六日の本来の誕生日と合わせて、三月一五日に企画させていただきました。なので、吉野ゆりえ「一〇年生存達成＆バースデーパーティー」と名づけました。

当初このパーティーは、がんサバイバー（がん経験者）やがん患者サポーター、医療関係者だけにお集まりいただこうかと考えていました。しかし、あるサバイバー友だちに、「ゆりえさんは様々な活動をしているから、がんに関係する方だけでなくいろいろな方に来ていただいた方が、ゆりえさんの活動がわかるし楽しいじゃない？」と言っていただき、そうすることにしました。そこで、まずは私がお世話になっている各界の代表の方々に発起人になっていただきました。それは、前述した以外に、教育界、ダンス界、芸能界、政界、メディア界、そして勤務している東京大学の研究室関係者、友人などの代表の方々です。

「10年生存達成」パーティーの「バラとイチゴのケーキ」と著者

パーティー会場は、私がお世話になっているがん専門病院の近くのイタリアンレストランを貸し切ることにしました。以前よく、午前中にCTの撮影を終えては、午後の外来までの間にランチをとっていたところです。時間帯は、皆さんが出席しやすいように、日曜日の午後。そして、ご出席者は、年齢も様々で、かつ障がいを持っていらっしゃる場合もあるので（私のライフワークの一つである「ブラインドダンス」の視覚障がい者の方などもお招きしたので）、着席ビュッフェ形式にしました。すると、おのずとお席の最大数が六〇と決まり、ご案内を出しました。

当日は、おかげ様で満席となり、受付やテレビの撮影スタッフ（後日、テレビ放映予定）を含め計七〇名の方々にお越しいただきました。どうしてもご都合がつかなかった方々からもたくさんのお花や祝電をいただき、おかげさまで華やかなお祝いの宴となりました。

まず最初に、私がマイクを持ち、「今日は私のお祝いなので、私のしたいようにさせていただくことになりました。なので、皆様への感謝の気持ちとして、このパーティーは私が司会兼ホストをさせていただきます！」と宣言しました。すると、一瞬の静寂の後、「前代未聞！」という声と爆笑が湧き起こり、和やかな雰囲気でパーティーはスタートしました。そして、土屋了介・元国立がん研究センター中央病院院長（国立がん研究センターとがん研有明病院に「サルコーマセンター」を設立する際にご尽力いただいた）に、発起人代表のご挨拶をいただきました。続いてサバイバー友だちの代表の方に、乾杯のご発声をいただき、みんなでシャンパングラスを鳴らしました。

それから、おいしいお料理をいただきながら、私が出演したテレビ番組を観たり、出席者全員に「一人一分間スピーチ」をしてもらいました。これは、せっかく「吉野ゆりえ」というキーワードでお集まりくださった皆様に、お帰りになる際はお互いのことを知っていただきたい、との思いからでした。これにより、私に関する様々なエピソードが飛び出し、みんなで共有することができました。中でも、私のことを「戦車みたいでしょ？」と形容したテレビプロデューサーの話は尾を引き、最後まで「戦車」という言葉が飛び交っていました。私の望んでいたように、パーティーの終わりには、出席者全員がまるで家族のように親しくなったのでした。そして、私が「これだけは！」と熱望したバースデーケーキは、大きな「バラとイチゴのケーキ」となって私の目の前に登場したのです。

もちろん、このように華やかなパーティーを催すことが本来の目的ではありませんでした。しかし、これを「一〇年」という一つの通過点として、私を支えてくださっている皆様の前で心を新たにした記念すべきパーティーとなりました。そして、このパーティーにお越しくださった方はもとより、いつも私を支えてくださっているたくさんの方々との出会いが、まさに「キャンサーギフト」だと思う私です。

「ブラインドダンス」一〇周年記念イベント

「ゆりえ先生、私、武道館で踊るのが夢なんです！」。

ある全盲のブラインドダンサーのこの一言から、今回のイベントは実現することとなりました。

二〇一五年二月二二日。

この日、日本武道館（東京都千代田区）では、アジア最大の社交ダンス競技会「アジアオープンダンス選手権大会」が開催されていました。

早朝より、世界中から集まったプロフェッショナルの競技選手たちが優雅に、かつ強く舞い、しのぎを削っていました。私はというと、朝六時に日本武道館に入り、この大会の司会を務めていたのでした。予選が終わる夕方頃になると、観客席もほぼ満員になり、会場は熱気に包まれました。

そんな中、準決勝以上に勝ち残った選手や海外からの審査員による、夜の部のオープニングパレードが華やかに行われました。その傍らに、左肩に大きな黄色の花をつけてドレスアップしたダンサーたちが、今か今かと自分たちの出番を待ち構えていたのです。そう、彼らこそがブラインドダンサーたちなのです。

ブラインドダンス（視覚に障がいのある方々のための社交・競技ダンス）は、二〇〇六年に日本で誕生しました。

ダンス界には、世界ダンス議会というプロフェッショナル組織があります。私はその傘下にある日本ダンス議会に所属して、競技選手を引退後、審査や後進の指導にあたっています。すでに書きましたが、その日本ダンス議会の会長を、当時私が関わっていたブラインドゴルフ（視覚に障がいのある方々のゴルフ）のプロアマ大会に招待した時のこと。会長が「視覚に障がいのある人がゴルフをするなんて、最初は半信半疑だったんだよ。それで、ゴルフができるのならダンスもできるんじゃないかと思ってね」と思いついたのです。調べてみると、視覚障がい者が晴眼者と一緒にダンスを楽しむサークルが、全国各地に存在したのです。神奈川県にもいくつかあって、横浜がメッカでした。

そこで、日本最大級の視覚障がい者施設である神奈川県ライトセンター（神奈川県横浜市）に伺い、実際に視覚に障がいのあるダンサーの方々にお話を伺ってみました。するとと競技会にも出場してみたいという希望を持ってらっしゃったり、すでに一般の競技会にチャレンジしているカップルもいらっしゃったりしました。それなら、社会貢献の一環として、日本ダンス議会主催で視覚障がい者の方々のためのダンス競技会を開催しよう、ということになりました。

その結果、二〇〇六年八月二七日に、世界初となる「第一回全日本ブラインドダンス選手権大会」を、日本テレビ系『24時間テレビ　愛は地球を救う』に合わせて開催することに決定しました。ここで、ブラインドゴルフにあやかって「ブラインドダンス」という名称をつくり、初めて使用したのでした。

あれから丸九年。二〇一五年八月に開催される「全日本ブラインドダンス選手権大会」は、記念すべき「第一〇回」となります。冒頭のブラインドダンサーの一言は、それを見据えての発言でした。

「夢」の日本武道館のフロアーを舞うブラインドダンサーたち

この一言を聞いた当初は、「とても無理」だと思いました。ブラインドダンサーの「夢」を叶えてあげたい！　是非とも、日本武道館で踊らせてあげたい！　という気持ちは強く持っていました。しかし、現在のように競技会を公共の会場を無料でお借りして開催させていただいても、役員が手弁当で運営しても、パンフレットや賞状・トロフィー代などをはじめとする諸経費がかかります。それを、日本武道館で行うとなると、莫大な会場費が追加されるのです。

しかし、よくよく話し合ってみると、競技会でなくとも、まずは「日本武道館で踊るのが夢」なのだとわかるに至りました。ならば、「可能かもしれない！」。それに気づいた時、私の心は躍りました。というのは、日本ダンス議会は、年に一度二月に、前述の「アジアオープンダンス選手権大会」を日本武道館で開催しています。その大会のセレモニーの中で、ブラインドダンス一〇周年記念のエキシビションというカタチであれば、ブラインドダンサーに踊っていただき、かつ世界中から集まった審査員や観客の方々にも日本発のブラインドダンスをご紹介できる素晴らしい機会なのではないかと、考えついたのです。

すぐさま、この「ブラインドダンスエキシビション」のイベントを行うための企画書を提出し、全国から出場者を募りました。

そして実現のためには、早朝から夜九時まで一分たりとも余裕のない大会のスケジュールの中から、五分だけで良いから時間を捻出しなければなりませんでした。種目はワルツとルンバの二種目に絞って一分一五秒ずつ、そして視覚障がい者の方々の出入りには時間もかかるので、スムーズな出入りのための図や説明文を作成。パンフレットには観客への紹介文、また日本語と英語のアナウンスをつくりました。加えて、競技会の時と同じように、ブラインドダンサーをまわりが見てそうとわかるように左肩につける黄色の花は、広い日本武道館用に大きな、かつ華やかなものを用意したのでした。

実は、このイベントの前日二月二一日が私の「一〇年生存達成」記念日だったことはもう書きました。企画書を提出する時、私は大会実行委員長にこう話しました。「この一〇年間、私は闘病をしながらブラインドダンスと共に歩んできました。ブラインドダンサーの夢は、私の夢も同じ。一〇年生存達成のお祝いに、私に日本武道館の五分をください」と。

当日は、全国から集まった四〇組のブラインドダンサーたちが、色とりどりのドレスに身を包みながら、高揚した表情で日本武道館のフロアーを舞いました。それを傍らで見つめる私は、あまりのしあわせに、あふれる涙が止まりませんでした。

がん患者支援イベント「リレーフォーライフ」

皆様は「リレーフォーライフ」というイベントをご存じでしょうか？

「がんは二四時間眠らない」「がん患者は二四時間闘っている」という思いを共有し支援するため、チーム内でタスキを繋ぎながら交代で二四時間歩き続け、寄付を募るがん患者支援イベントのことです。

アメリカで一九八五年に始まり、今年で三〇周年を迎えます。現在では全米で年間五五〇〇カ所で開催され、年間寄付額は四〇〇億円に上ります。また世界二〇カ国に拡がり、世界中で毎年四〇〇万人を超える人たちが参加しています。日本では、二〇〇六年に奇しくも私の母校でもある筑波大学において、昼間に八時間のミニリレー開催からスタートしました。昨年は全国四三カ所で開催されるまでに至っています。これは、日本対がん協会が主催し、各地の有志の実行委員会が運営しています。

シンボルカラーの「ドーンパープル」（夜明け前の紫）は「希望の色」と呼ばれ、太陽・月・星をかたどったロゴは、昼夜を問わず二四時間がんと闘うことを意味します。がん告知を乗り越え、勇気を持って「今」を生きているがん患者さんやがん経験者を「サバイバー」、サバイバーを支える家族や友人などを「ケアギバー」と呼んでいます。

イベントは、「サバイバーズラップ」に始まり、チームでの「リレーウォーク」、「ルミナリエ」や「エンプティテーブル」のセレモニー、ステージやブース企画などを行い、楽しくがん征圧のための寄付を募ります。

私は二〇〇五年に「がん告知」を受けてから、自分ががん患者であることを長兄にのみ「逆告知」し、闘病を続けてきました。しかし、「このままでは、肉腫は『忘れられたがん』のままになってしまう。誰かが立ち上がらなければ。それは患者自身でなければ」と、考えるに至りました。そこで私は、世間へ公表することを決意し、その前に「母への逆告知」をしなければと、二〇〇七年の大晦日に母へ伝えたのです。

そして、二〇〇八年五月に拙著『いのちのダンス～舞姫の選択～』（河出書房新社）や二時間の私のテレビドキュメンタリー番組の中で、自分ががん患者であることを公表しました。すると、このテレビ番組を観ていてくださった、日本においてリレーフォーライフの開催を呼びかけ、かつこの年の「リレーフォーライフ新横浜」の実行委員長であったシュウさんと、実行委員のナベさんが、このイベントへの出演を私に熱心に勧めてくださったのです。これが、私とリレーフォーライフとの最初の出合いでした。

この二人の熱心な勧めにより、二〇〇八年九月、横浜において初めて開催されたリレーフォーライフ新横浜に出演させていただきました。「吉野ゆりえのみんなでダンス&トーク」というコーナーで、前半はがん患者・患者家族・医療者・サポーターの方々にその場でダンスを指導し、その場でみんなで楽しく踊りました。後半は、シュウさんと一緒に「サバイバーズトーク」を行いました。

このトークの中で、アメリカの大きながん専門病院内にはあって、日本には一つも存在しない「サルコーマセンター」（肉腫専門の診断治療施設）を日本に作ることを、提案させていただきました。当時日本には、肉腫を専門に診てくれる病院や科が一つも存在せず、肉腫患者はまさに「がん難民」の状態だったからです。すると、その場にいらっしゃった肉腫患者・患者家族の方々が、泣きながら拍手をして賛同してくださったのです。

このイベントの二週間後に五度目の再発手術を終えた私は、退院するとさっそく賛同者と共に、「日本に『サルコーマセンターを設立する会』」準備委員会を作りました。

「リレーフォーライフジャパン茨城」にて、参加者全員でAKB48の『心のプラカード』を踊りました（著者は前列中央）

そして、二〇〇九年二月九日に正式に会を発足。その後、二〇〇九年九月に国立がん研究センター中央病院（東京都中央区）内に、二〇一二年七月にがん研有明病院（東京都江東区）内に「サルコーマセンター」が誕生しました。

患者が少ないことから、それまで専門の科もなく、専門医もおらず、同じ病気の患者さんにも出会うこともほとんどなかった肉腫患者たちが、このイベントで出会い、診療改善に向けて自分たちのチカラで働きかけることができたのです。

リレーフォーライフ新横浜に初めて出演させていただいてから七年が経とうとしています。この間にも各地で出演したり、総合司会やセレモニーの司会などを務めるなどしてきました。

中でも、母校の筑波大学が共催をしている「リレーフォーライフジャパン茨城」には、毎年出演させていただいています。二〇一五年は五月一六日から一七日にかけて開催されました。

当日はお天気が大変心配されましたが、私が「超晴れ女」の異名を撤回することなく、おかげさまで開会式にはピタリと雨は止みました。そして患者代表としてスピーチをし、このリレーフォーライフジャパン茨城発祥の「鳩型エコバルーンリリース」のカウントダウンをしました。「希望」の象徴である真っ白な鳩バルーンが一斉に空に舞い上がる様は、それはそれは感動的でした。

その後、サバイバーみんなの手形を押したサバイバーズフラッグを手に、サバイバーズラップ（サバイバーのみが歩くことのできる最初の一周）を歩きました。夜の最大のイベントであるルミナリエには、生かしていただいていることへの感謝と、直前に迫った一九度目の手術への意気込みを書かせていただきました。

そして、二日目の朝は「吉野ゆりえのみんなでダンス&トーク」のコーナーからスタート。終了後は、恒例となりました、メイド服に着替えてAKB48の『心のプラカード』を参加者みんなで踊りました。娘のような年齢の女子大生たちに交じり、恥ずかしくもセンターの大役を務めさせていただきました。

これが終わると、明日から入院・手術が待ち受けている！　それはわかっているものの、否わかっているからこそ、「今」、この「一瞬」を精一杯「生きたい！」と思う私が、そこにいました。

chapter 2

新たな「抗がん剤治療」への挑戦

初めての抗がん剤治療（一）

一〇年で一九度の手術と五度の放射線治療。

この数字は、希少がんの「肉腫（サルコーマ）」患者である私が、これまでに経験してきた治療の回数に他なりません。今回この数字に、さらに新たな数字が「一度」足されることになりました。それは、これまで私が経験したことのない治療方法である「抗がん剤治療」なのです。

「がん（悪性腫瘍）」の治療方法には、手術、放射線治療、そして今回私が初めて挑戦することになる抗がん剤治療などがあります。一般的には、がんと診断された場合、まずは手術を行い、補助的療法として抗がん剤を用いた化学療法を行うことが少なくありません。

私のがんである「後腹膜平滑筋肉腫」は、後腹膜という場所を原発巣とする平滑筋にできる肉腫のことを言います。私の場合、五度目の手術までは後腹膜での再発でしたが、六度目の手術では両肺に転移し、それ以降身体中あらゆるところに転移をしています。その度に、最適と思われる治療を受けてきました。

加えて、二〇一三年の秋ぐらいから咳がひどくなり、二〇一四年の春には、それは気管支の近くに転移した右肺の腫瘍が大きくなったためと診断されました。そこで、心臓などへの照射に細心の注意を払いながら放射線治療を受けたところ、なんとその腫瘍が劇的に小さくなったのです。

喜んでいたのも束の間、二〇一四年の秋には、再び咳がひどくなってしまいました。この時には、前回の放射線治療による副作用の「肺臓炎」ではないかとの診断により、それに対するありとあらゆる対症療法がとられました。咳止めの薬（医療用麻薬も含む）、気管支拡張のための貼るテープ、服用のステロイド剤、吸入のステロイド剤などです。これらの薬により、一旦症状は良くなったりもしましたが、ステロイドによる副作用のムーンフェイス（顔が丸くなること）には、仕方がないことだとは思いながらも、鏡を見てはとても悲しい思いをしていました。

そして二〇一五年の春には、放射線治療により一旦は小さくなった腫瘍がまた大きくなってきたのでした。その結果、咳がひどいだけでなく、ただ歩くだけでも息苦しくなってきました。最終的には、その腫瘍が右肺の気管を押し潰して、右肺の上部が「無気肺（空気が入らない状態になること）」になってしまったのです。

ここに来て、再発・転移の速度が速くなり、かつ、転移の箇所も増え、右肺も無気肺の状態になってしまいました。これまでのように手術や放射線治療で一つずつ叩くのではなく、全身治療の必要性が出てきたのを感じました。前述のような理由から抗がん剤治療を拒否してきた私でしたが、とうとう首を縦に振らなければならない時期が来たことを痛感したのでした。

抗がん剤には、いわゆる殺細胞性の抗がん剤と分子標的薬とがあります。簡単に言うと、良いも悪いも攻撃してしまうのが殺細胞性で、悪い標的だけ攻撃するのが分子標的薬です。患者目線・女性目線で言うと、殺細胞性は髪の毛が抜け、分子標的薬は髪の毛は抜けないけれど、薬によって副作用が違うというイメージです。二〇一二年に日本で認可された、私の軟部肉腫に対する初の分子標的薬パゾパニブ（商品名：ヴォトリエント）は、髪の毛は白髪になります。

このような副作用の違いも鑑み、抗がん剤の中でも「分子標的薬なら挑戦してみようか」と、私が抗がん剤に対して初めて前向きに考え始めた頃でした。体調の悪化、特に無気肺になり、日常の生活にも支障をきたし始めたことにより、お世話になっているがん専門病院が「病院として」の治療方針を決定したのです。それは、「殺細胞性の抗がん剤治療をする」というものでした。

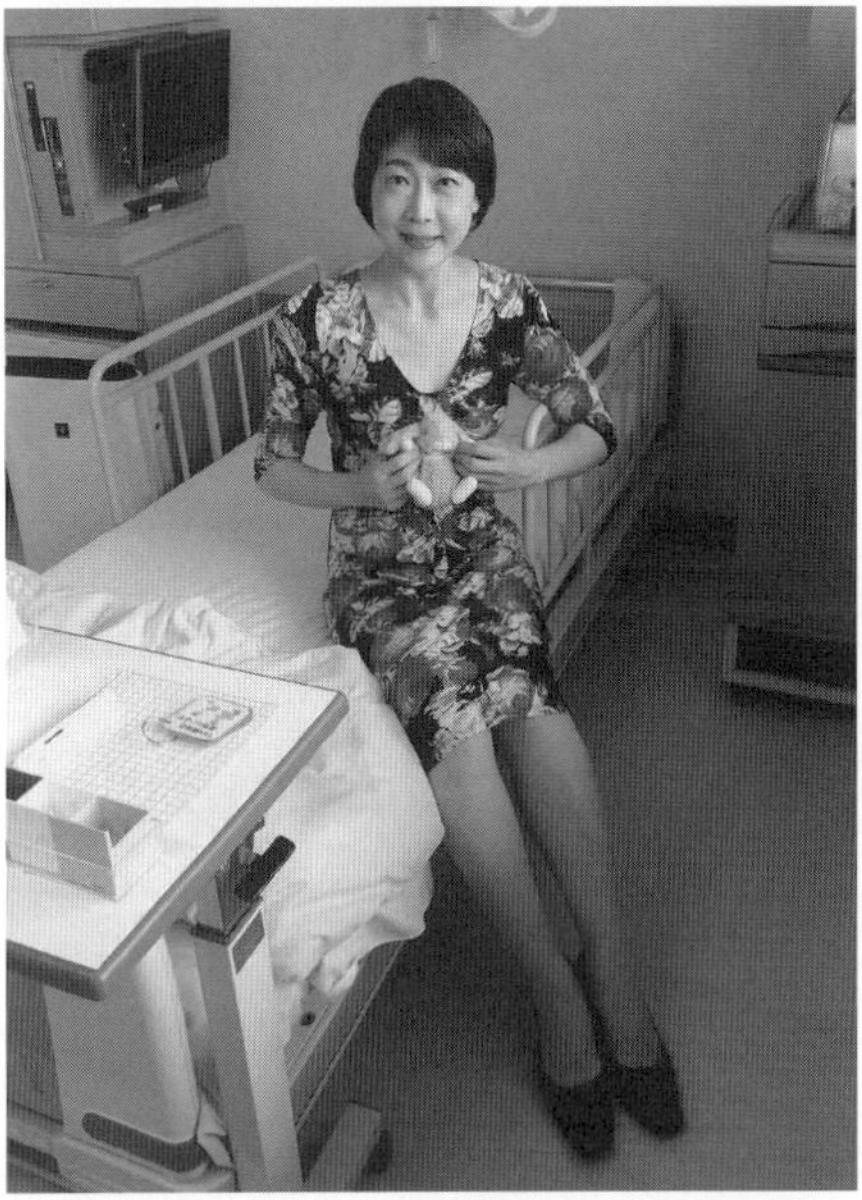
抗がん剤治療を決意し、髪をショートにして入院した著者

私には、それぞれの部位の外科医や放射線診断医・

治療医など、関わってくださっている医師が病院内に多数います。以前にも説明を受けたことはあったのですが、ここで腫瘍内科医から抗がん剤に関する詳しい説明を聞きました。

私が希望している分子標的薬は、今の私の状態ではパワー不足で、殺細胞性の抗がん剤投与はどうしても譲れないとのこと。その殺細胞性の抗がん剤でも、腫瘍が消失する可能性はゼロ、奏効率は一〇%から二〇%。そして右肺が無気肺の現状では、感染症にかかった際には命取りになることもあるとのことでした。ここまで告げられると、生来能天気な私でさえも不安が頭をよぎり、「これまでがんばってきたから、もうこれ以上苦しむ必要はないのではないだろうか?」と、治療をあきらめようかと考えたりもしました。また、治療が始まっていないにもかかわらず、この抗がん剤が効かなかった際の緩和病棟のある病院への転院の話まで聞くことになろうとは、その時の私には予想だにしないショッキングな出来事でした。

それでも、このままでは悪くなってしまうばかり。「低くても可能性があるのなら挑戦してみよう!」と、自分を鼓舞する私がそこにいました。

初めての抗がん剤治療（二）

「もうこれ以上待つことはできない。これが最後のチャンスになるだろう！」。

右肺が無気肺になるなど体調の悪化により、お世話になっているがん専門病院の腫瘍内科医から、抗がん剤治療についてこう告げられました。

私のがんである「肉腫（サルコーマ）」の特殊性と、「できる限りこれまでと同じ生活がしたい」というがん患者としての思いから、一〇年間拒み続けてきた抗がん剤治療。それも、なんとか投与に対して前向きになっていた分子標的薬ではなく、殺細胞性の抗がん剤でした。

「どんなに低くても、可能性があるのなら挑戦してみよう！」。

もう選択の余地がない状態になって初めて、私もやっと決心がつきました。最も大切なのは「生命」。「生命」があってこそ、「今をいきいきと生きる」ことができる！　その他のことは、最高の状態ではないにしても、最高の状態に近づけるようにがんばろう！　そんな風に思いました。

そうと決めたら、「できる準備はしておこう！」と、準備好きの私はさっそく行動を始めました。治療に関してはもちろんのこと、抗がん剤を投与することによって付随して起こるであろうことへの対策を考え始めたのです。

殺細胞性の抗がん剤と言ってまず考えられるのは、「脱毛」でしょう。これはすぐに、プロ競技ダンス現役時代にお世話になっていたウィッグ（かつら）業者のことを思い出しました。

競技ダンスと言えば、激しいダンスを踊っても一糸乱れぬ髪型を連想すると思います。実際、タンゴでシャープに首を動かしても、髪型が壊れないようにセットをします。しかし、ショーダンスなどを披露する際は、そのキャラクターに合った髪型にするので、少し遊びがあったりします。

あれは、幕張メッセ（千葉県千葉市）で開催された「全日本セグエ選手権」（ショーダンスの競技会）で、私が「ホイットニー・ヒューストン」を演じた時のこと。高校生以降ロングヘアーにしかしたことのなかった私が、ウィッグによってショートヘアーになり、黒人メイクをして、ホイットニーに変身したのです！　私が舞台上に登場した時、誰も私だとはわからなかったほどでした。

そんな思い出もあり、その際にスポンサーをしてくれたウィッグ業者が、現在「医療用ウィッグ」も取り扱っているというので、連絡を取ってみました。話はトントン拍子に進み、治療前に説明を聴いたりウィッグを試着したりすることができ、入院前にはウィッグをオーダーすることができました。ウィッグをいつから準備を始めたら良いかもわかっていなかったのですが、これはとても良かったことだと思います。治療が始まってから体調の悪い中で、このように治療自体ではなく治療に付随したことで悩んだり時間を取られるのは、心身ともに疲れてしまうからです。

また、脱毛時にショックが少ないようにと、治療前には実際の髪をショートにカットしようと決めていました。しかし、ウィッグの髪型は、これまで通りロングヘアーでも、セミロングでもショートでも選べるわけです。当初は、イメージが変わらないようにロングにしようと考えていました。

しかし、ロングのウィッグは手入れが大変なことや、ウィッグから卒業するまでに時間がかかることなどを聞き、鏡の前で試着しながら悩んでいました。ロングも似合う、ボブにしたらそれもまずまず。そこで、「きっとしないけれど、まあせっかくだから」とついでにショートも試着してみました。すると、「わぁ〜、これが一番似合う！」とまわりから言われ、自分でも「そうかもしれない」と思いました。それなら、と、扱いやすいショートのウィッグに決断しました。

そして、入院の前々日、意を決して、中学生以来したことのないショートヘアーに、実際の髪の毛をカットしてもらいました。首まわりはスースーするし、なんだか照れくさいような恥ずかしい気持ちがしました。

ウィッグをオーダーしたり、実際にショートヘアーにしたりと、事が一つずつ片づいていくと、心も前向きになるものです。右肺が無気肺になり、歩くのも息苦しい日々が続いていましたが、なんとか入院の日を迎えることができました。

本来なら、私の治療内容であれば「通院治療」で行うのが主流になってきた今日この頃ですが、今回は「無気肺」という最大の敵が現れました。そこで、まずは一クール目は入院治療をすることに決定しました。

「クール」というのは、投与と投与の間の期間を言いますが、私の場合は三週間でした。一週間目は「嘔吐」などの副作用があり、二週間目は白血球数が下がるので「感染症」に気をつけなければなりません。これをクリアすると、三週間目は白血球数も元に戻り、それなりの生活ができ、このクールを繰り返し行うことになるのです。

しかしながら、入院した私に待ち構えていたのは、入院当日であり初めての抗がん剤投与前日の、腫瘍内科医からの再度の説明でした。

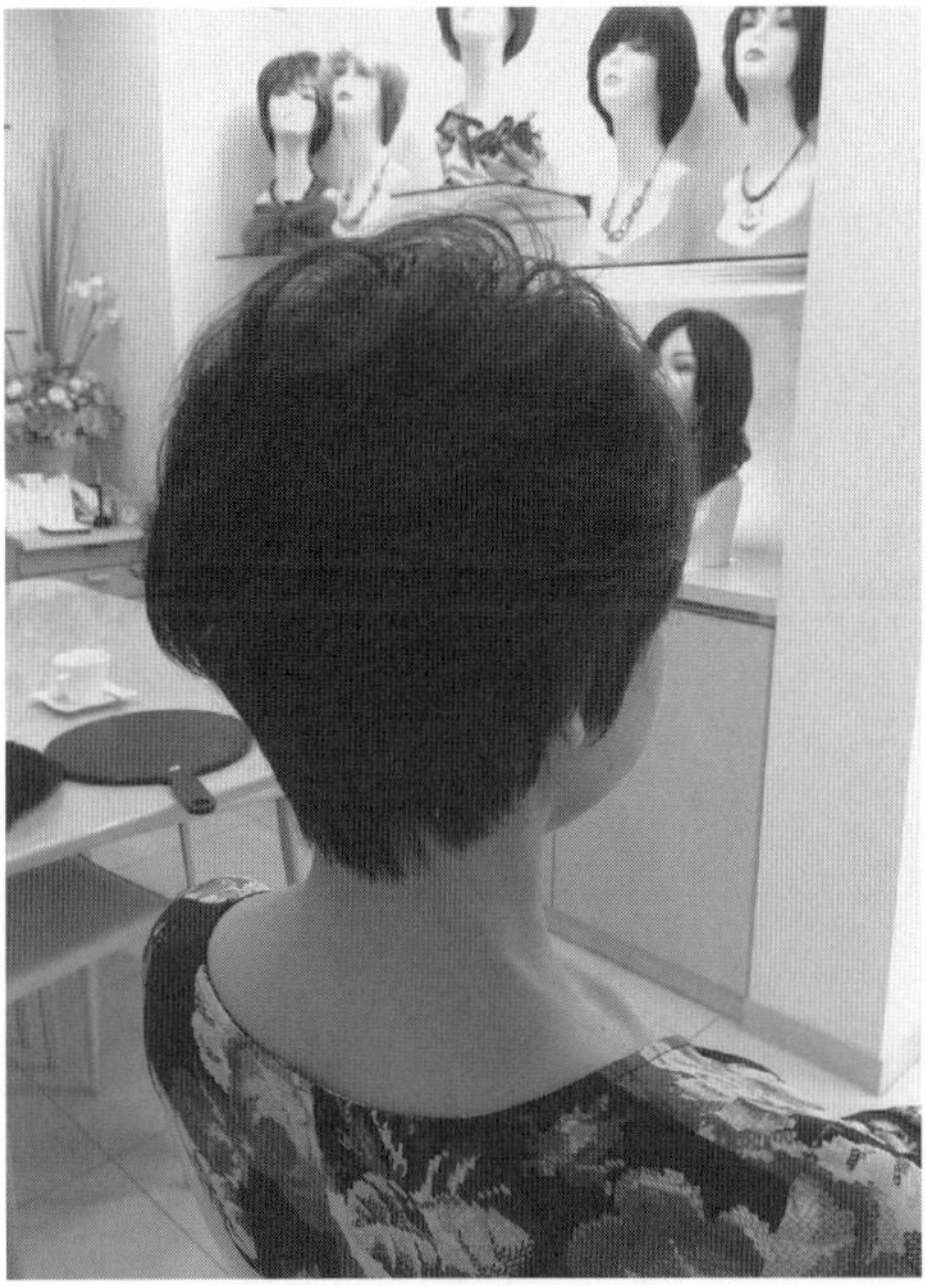

入院治療前に様々なウィッグを試着し、ショートのウィッグをオーダーした著者

すでに書きましたが、「今回の抗がん剤投与により腫瘍が消失する可能性はゼロ、奏効率は一〇%から二〇%。嘔吐などの副作用も人それぞれでどうだかわからない。そして、無気肺である

ということは、病原体が肺に入り込んで感染した場合、それが肺から出ていかないことを意味し、生命の危険もある」、また、「たとえこの一クールをクリアできたとしても、この抗がん剤が効かなかった場合、緩和病棟のある病院への転院を今から考えておいてください」とのことでした。

やっとのことで自分自身を鼓舞して抗がん剤治療を決意した私の心はここで揺らぎました。「やはり、これ以上苦しむ必要はないのではないだろうか？ 残された時間を楽しく過ごすことは赦されるのではないだろうか？」。そう私の顔に表れていたのか、「あと一日なら待つことができますよ。明日一日悩んで、明後日の朝には答えを出してくれますか？」、そう医師に問いかけられました。

初めての抗がん剤治療（三） 夜明け前

「あと一日なら待つことができますよ。明日一日悩んで、明後日の朝には答えを出してくれますか？」。

初めての殺細胞性の抗がん剤治療を決意して入院した日であり、投与前日の夕方に行われた再度の説明の終わりに、再び苦悩する私に腫瘍内科医はそう問いかけました。

「これが最後のチャンス」といわれているのに何故なのか？　否、「最後のチャンス」だからこそ、あと一日で決断しなければならないことが、私にはよくわかっていました。入院したのが水曜日。投与予定は木曜日。そして、週末から学会に行ってしまう腫瘍内科医は、なんとしても金曜日の朝には私に決断をしてもらい、金曜日の午後には投与をしたかったのです。今回投与しなければ、もちろん後はない。これが、本当の「最後のチャンス」だったのです。

一度は決意したものの、再度の説明で、この治療の私に対する可能性の低いことや、今の私の無気肺の状態では、最も大切にしようとした「生命」までもが「近々に」危うくなるかもしれないことを痛感させられたのでした。

「やはり、やめます……」。何度この言葉を発しようとしたことか！　しかし、仕事のスケジュールもなんとか調整して入院をしたにもかかわらず、投与をやめることを「今」決断してもよいのだろうか？　頭の中がモヤモヤしながらも、まずは「あと一日悩む」という腫瘍内科医の提案を受け入れることにしました。今考えると、これには二つの要因が働いていたと思います。

一つは、「インフォームドコンセント」（正しい情報を得た・伝えられた上での合意）という言葉で正当化されている、患者への「決断」の丸投げに対して、腫瘍内科医の説明に同席してくれたレジデント（研修医）の病棟医師と薬剤師の存在でした。そうしなければならない哀しい時代なのかもしれませんが、正しい説明はするものの、この段階では決して希望的発言の無い医師に対して、なんとか最善の治療を私に勧めようと側に居てくれたのが、この二人でした。ただこの二人も、この時点では私を決断に導くまでには至りませんでした。

もう一つは、同じ病気の「同志」の存在でした。現在は、かなりの患者さんがブログなどを通して、ご自分の病気のことや病状を発信しています。私も然りです。ただ、良いとか悪いとかではないのですが、発信のタイプがあります。私は、「痛い」とか「苦しい」とか言っていても良くなるわけでもないと思っているので、その大変な状況の中でもハッピーなことやポジティヴなことをアップするように心がけています。なので、その日も入院して初めて「今日入院しました！」と書き込みました。すると、私と同じ「肉腫（サルコーマ）」患者であり医師でもある友人が、私のお世話になっているがん専門病院のＩＲＢ（治験審査委員会）の外部委員として、その日偶然にも来院していたのです。その友人は私が入院したことを知り、腫瘍内科医による再度の説明が終わるまで待っていてくれたのでした。そこで私は、抗がん剤治療を受けた経験が豊富なその友人に、まずは「今」の私の心の内を吐露しようと思ったわけです。

「ニクシュです！」とがん告知をされ、何がなんだかわけがわからなかった時。「五年生存率七％」だと知り、いつまで生きることができるのだろうかと悶々とした時。これまでの一〇年の闘病の間に、何度かそんなことがありました。しかし、思い返すと、この時が最も「夜明け前」だったと言えます。

友人は、「まずは食べなさい。食べてから聴いてあげるから」と、病院のカフェで、私と全く同じ物（スパゲッティナポリタンとオレンジジュース）を注文し、一緒に食べてくれました。「同じ物でなくていいよ～」と言う私に、「まあまあ」と言いながら、合わせてくれたのが良くわかりました。

何度か食べるのを中断しながらも、私はなんとかその夕食を胃の腑に収めました。それから、「今」思っていることをすべて吐き出しました。それに対して友人は、患者として、そして医師としての自分の経験を踏まえて、ポジティヴに話を返してくれました。

こんなことは初めてでした。私の場合、肉腫や他のがんや病気の患者さんのお話を聴いたり、相談を受けることはあっても、なかなか自分が相談するという機会はなかったのですから。実は、かつてその友人が大変厳しい抗がん剤治療を始める際に、私が「日本にサルコーマセンター（肉腫専門診断治療施設）を作りたい！」と活動をしていたのを知り、ご家族みんなで心を強くしていたそうなのでした。私が直接何かをしたわけではないのですが、治療終了後、その友人はわざわざ私に会いに来てくれました。その時のお返しとばかりに、今回「同志」は私を励ましてくれたのです。

中でも、かつて自分が抗がん剤治療を受けていた頃の支持療法（がんそのものに伴う症状や治療による副作用に対しての予防策、症状を軽減させるための治療）と較べて、現在のそれが格段に改善されていることを強調しました。

抗がん剤治療の副作用である吐き気や嘔吐に対する制吐剤（吐き気止め）で、大変良く効く薬が五年ほど前にできたこと。白血球数が下がった際に、その期間を短縮し、かつ早期に上げるようにする注射で、以前は連日投与していたものが、一クールに一度だけで良いものが半年ほど前にできたこと、などでした。

「自分の時と較べたら、信じられないくらい良くなっているよ！」。最も大切な「生命」を守ることが目的で、そのために今回選択しようとしている抗がん剤治療。しかし、薬の種類や量や人それぞれで、結局はやってみなければわからない副作用の度合い。感染した場合に「生命」の危機をも危ぶまれている自分自身の肺の状況。それらへの不安を、それこそ一枚一枚薄紙をはがすかのように取り除き、気持ちを前向きに戻していってくれたのでした。

入院当日であり抗がん剤投与予定前日の、
著者の病室からの風景

そこに現れた別の友人も、「だって、やるしかないじゃない！」、そう私に投げかけてくれました。シンプルに考えて、確かにそれしか残されていませんでした。この時神様は、この二人を通して私を導こうとしていたように感じました。

初めての抗がん剤治療（四）　抗がん剤投与

「吐き気止めや白血球数減少に対する支持療法が、前と較べて信じられないくらい良くなっているよ！」。

「だって、やるしかないじゃない！」。

がんサバイバー（がん経験者）やケアギバー（ここでは、がん患者家族・友人）である「同志」たちの励ましに、私の気持ちは抗がん剤治療に対してだんだんと前向きに戻っていきました。

研修医である病棟医や薬剤師さんも、私のベッドサイドに来ては、腫瘍内科医の「真意」を伝えようと努めてくれました。そして、消灯の時間になった頃、私の主治医が病室に現れたのです。その日は兼務しているもう一つのがん専門病院での勤務日で、その勤務を終え、急いで駆けつけてくれたのでした。

「激励に来ましたよ！」とのありがたい言葉に、私は、実は投与を迷っている旨を話しました。すると、「激励だけのつもりだったのに……」と言いながらも、外科医としての、そして私のことを最も長く診ていて理解している医師としての意見を述べてくださいました。すでにほとんど心は決まっていた私でしたが、一つずつ確認をするかのように、「そうですよね」と繰り返していました。

主治医が病室を去った後、長かった一日のことをいろいろと思い起こしました。興奮をしていたのか、不安だったのか、なかなか眠りにつけませんでした。看護師さんにお願いして、預かってもらっていた睡眠導入剤を持ってきてもらい、やっとのことで眠りに入ることができました。

「あと一日なら待つことができますよ。明日一日悩んで、明後日の朝には答えを出してくれますか？」。

このように、前日、腫瘍内科医から丸一日の猶予期間をもらった私でしたが、結局その必要はありませんでした。投与予定日だった朝の病棟回診で、「明日、お返事ですよね?」と私に恐る恐る聞く病棟医に、「いえ、今日投与してください!」と答えたのです。

「えっ、投与ですか? 今日で良いのですか?」と少し驚きながら聞く病棟医に、「はい、決めたからには早くしないと、また気が変わっちゃいますから~」と冗談まじりに言えるほど私は元気になっていました。「では、準備をしますので、午後には投与できると思います」。そう病棟医は答え、病室から出ていきました。すると、その報告を受けたからか、腫瘍内科医が病室に現れ、「投与でいいのですね?」と私に聞いてきました。そして、「はい!」という私の返事を聞くか聞かないかのうちに、その腫瘍内科医は足早に去って行ったのでした。

「返事をしたからには、もう後には戻れない」。そんな気持ちでいました。投与までの間、なんだか落ち着かず、ソワソワしていました。すると、「投与したら吐き気で食べられなくなるかもしれないから」と、昼食用に友だちが築地市場で鰻重を買ってきてくれました。「最後の晩餐ならぬ、投与前最後の昼餐かしら?」などと、そんな訳のわからないことを考えながら、鰻重をありがたくいただいたのでした。

昼食後はバタバタと時が過ぎていきました。

午後二時半頃に、まずは吐き気止めのイメンドという内服薬を服用しました。そして、病棟医によって点滴用の針が刺されました。一時間ほどして、吐き気止めの点滴が始まりました。一五分ほどして吐き気止めの点滴が終わり、今度はとうとう抗がん剤の投与の順番が来たのです。

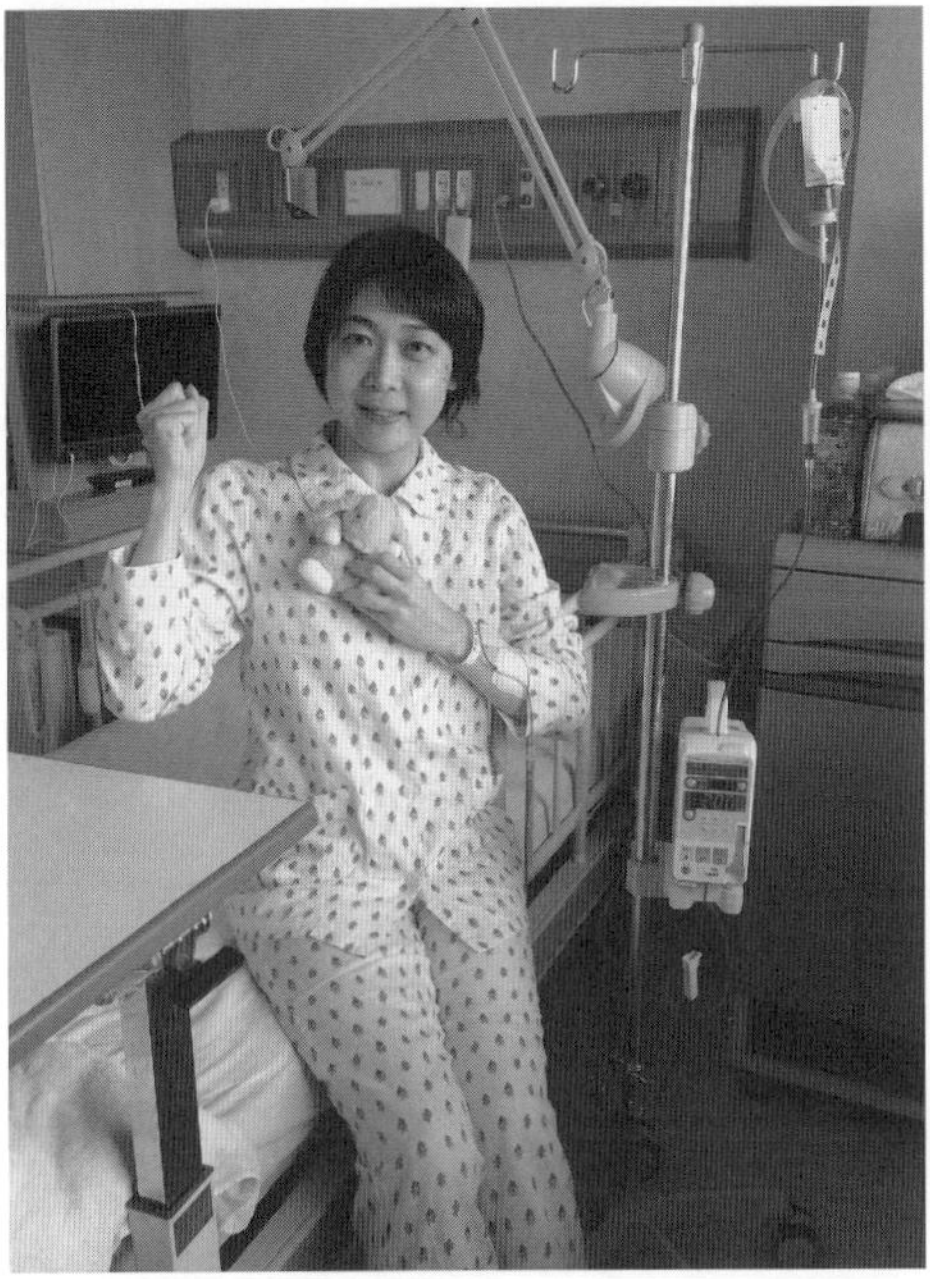

初めての抗がん剤投与中の著者

吐き気止めから抗がん剤へと点滴が切り替わりました。私が今回投与したのは、昔からある基本的な抗がん剤であるアドリアマイシンというものでした。なんとも言えない赤色をしていて、見ているとあまり気持ちの良いものではありません。最初は吐き気止めで透明だったものに、赤色の点滴が落ち、だんだんとチューブ内で赤色の液体が進んでいきました。チューブが赤色で満たされて、針から私の身体の中に抗がん剤が入っていったその瞬間、なんとも言えない気持ちになりました。

「とうとう一〇年間拒み続けてきた抗がん剤が、私の身体の中に入ってしまいました。この抗がん剤が効くのかどうかも、どれほどの副作用が待ち受けているのかも、私にはわかりません」「でも、まだ治療法・治療薬が存在することに、心から深く感謝しています。そして、できることなら、この抗がん剤が効いて、副作用も軽く済みますように」。

投与の間、何をしていたらいいのか、どこを見ていたらいいのかわからず、私は窓から浜離宮の緑や東京湾の青をボーっと見ながら、そう感謝し祈り続けたのでした。

三〇分くらいで、抗がん剤の投与は終わりました。最後に、点滴のチューブ内に残っている抗がん剤を洗い流すために、生理食塩水が落とされました。点滴用の針が抜かれて、これで終了。私は「フゥ～ッ」と、軽く溜息をつきました。それは、とうとう抗がん剤を投与してしまったことへの少し自責の念なのか、まずは投与が終わったことへの安堵感なのか、これから来るであろう副作用への不安なのか、自分でもよくわかりませんでした。

その後、何種類かの吐き気止めや感染症予防のための抗生剤など、たくさんの内服薬を薬剤師さんが持ってきて、丁寧に説明してくれました。真面目な自分の性格では大丈夫だろうと思いましたが、正直に言って、現在抗がん剤治療で主流となっている通院治療で、高齢の方の場合、これだけの薬の管理は大変だろうと少し心配になりました。

投与したこの夜は少しだけ吐き気がありましたが、ありがたいことにそれほどひどくはありませんでした。それでも初めての抗がん剤投与で少し不安な私は、この夜もまた睡眠導入剤を飲んで、眠りにつきました。明日から来るであろう副作用に備えるために。

初めての抗がん剤治療（五）　無気肺のゆくえ

二〇一五年六月二五日。私は、初めてとなる抗がん剤投与を受けました。

何事もそうだと思いますが、「初めて」というのはハードルが高く、これまで書いてきたように、抗がん剤を決意して入院したにもかかわらず、投与までに私の心はかなり揺れました。

しかし、一旦投与してしまうと、覚悟が決まるのか、良い意味で開き直ってしまったように思います。

投与の日は、夜に少しだけ頭痛と吐き気がありましたが、それほどひどくはありませんでした。次の日の朝、恐る恐る起きてみると、ありがたいことに前日とそれほど変わらない状態でした。口に泡のようなものが溜まるので、これは常に口から取り除いてはいましたが、吐くまでには至りませんでした。副作用である吐き気に対する制吐剤（吐き気止め）をきちんと使っていただくようお願いしていたので、これが功を奏したようでした。

入院をしていると、当たり前といえばそうですが、自分で作らずとも決まった時間に食事が出てきます。私がお世話になっている病院では、朝の八時、昼の一二時、夕方の六時です。ここはがん専門病院なので、普通食の他に、パン食や粥食（全粥、五分粥、三分粥など）や片手で食べることができる（手が不自由な方のための）食事など、いろいろとバリエーションに富んでいます。私は、今回は抗がん剤治療ということで、あまり食欲がない方向けの、味がハッキリしていて量が少ない「築地食」という名前の食事を選択しました。これは、抗がん剤の副作用で案の定食欲のなくなった私には、とても助かりました。

投与三日目の朝には、白血球数が下がった時のための注射（下がっている期間を短くし、早期に上げるための注射）を打ちました。するとこの日は土曜日だったため、土日は病院に居ても検査や治療はできないし、副作用の吐き気も落ち着いているということで、外泊許可が出たのでした。そして、感染症予防のために五日目から一週間服用する抗生剤をいただきました。

外泊許可が出たもう一つの理由は、自宅が近いということでした。私の自宅は病室の窓から眺めることができるほどで、その距離はタクシーで五分といったところでしょうか。

多人数部屋で、食事やシャワーや面会などの時間が制限され、テレビを観るのもイヤホン、という状況でしたから、入院生活に制約があったことは否めません。しかし、抗がん剤投与や副作用の吐き気という「関門」は何とか通過したものの、右肺が無気肺の状態で「生命」の危機につながる感染症という「難関」はまだ突破していませんでした。「病院に居た方がすぐに対処していただける」と、そう考えていました。

しかし、「家でリフレッシュしてきてください。そして、もし何かあったらタクシーですぐに戻ってきてくださいそのためにベッドはそのまま確保しておきますからね」という言葉に後押しされました。確かにそうなのです。「退院」ではなく、「外泊」なのです。院内感染ということもありえますから、自宅の清潔なところで、ゆったりとリラックスして過ごして、たとえ何かあったとしてもベッドはそのままなので、すぐに戻ってきて点滴やら何らかの処置をしていただけるのです。そう思うと、人間とは現金なもので、早く自宅へ帰りたくなったのでした。

このような経緯で、この週末（投与三日目・四日目）は、自宅で過ごすことができました。予想通り、時間に制約されることなく、ゆったりとリラックスして過ごすことができ、すっかりリフレッシュできました。外泊をしてみて、本当に良かったと感じました。これで、次回からは通院治療もいいかも、と思うことができました。

投与五日目の月曜日に病棟に戻ると、血液検査が待ち構えていました。そしてこの日から、感染症予防のための抗生剤も服用し始めました。

午後には、入院前にオーダーしていたショートのウィッグができ上がり、業者の方が病棟まで持ってきてくださいました。この時には、「アピアランス支援センター」（がん患者の外見ケアに関する支援センター・著者のお世話になっている病院内にある）の先生で、臨床心理士でもあり美容カウンセラーでもある方が同席して、アドバイスをしてくださ い

外泊中に著者の自宅から見たレインボーブリッジ

ました。これ以降、このアピアランス支援センターの先生には、抗がん剤治療を続ける中での美容上のことを度々相談することになったのでした。

　次の日には、肺のレントゲンを撮影しました。その結果が出るや否や、病棟医の先生が急いでベッドまで駆けつけてくださいました。なんと、右肺にあり気管を塞いで無気肺の原因となっていた腫瘍が小さくなって、無気肺が治っていたというのです。

「えっ、本当ですか？」と、私は聞き返しました。「私もまさかと思って、二度見してしまいましたよ！」そう病棟医の先生は答えました。

「どうりで息苦しいのが改善されたと思っていたんですよ」「だから楽なんですね～」。

「本当に良かったですね！」病棟医の先生は、私と一緒にとても喜んでくださいました。

　私は、初めての抗がん剤投与後、息をするのが楽になったことは感じていました。でもそれは、抗がん剤の副作用である吐き気に対して、抗がん剤と一緒に多量のステロイドを投与したからだと考えていました。もちろん、それはそうに違いなかったのですが、ありがたいことに腫瘍自体も小さくなっていたのです。

「あんなに抗がん剤の奏効率が低かったにもかかわらず、それも一クール目で腫瘍が小さくなって無気肺が治るなんて……」。私は、病室のベッドの横の窓から空や海を仰ぎながら、すべてのものに深く感謝を捧げずにはいられませんでした。

がんとの共存〜通勤と優先席

「そのマークはどこで手に入れることができるのですか?」。勤務先の最寄り駅に降り立った時に、初老の女性に突然後ろから声をかけられました。

「これは東京都が配布しているもので、都営地下鉄の駅務室に行けばもらえますよ」。いきなりのことに少し驚きながらも、私はそう答えました。

ここでいう「マーク」とは、赤い長方形の中に白い十字とハートマークが描かれている「ヘルプマーク」のストラップのことです。私は現在、そのストラップを通勤バッグの見えるところに付けています。

聞けば、その女性には足に障がいがあり「障害者手帳」を持っていらっしゃるそうなのですが、一見そうとは見えず、必要としているにもかかわらず、なかなか席を譲ってもらえないとのこと。なので、電車内で私の付けているヘルプマークのストラップを見て、以前から欲しいと思っていたこのストラップを手に入れたいと、私に声をかけたそうなのでした。

おかげさまで、私が希少がんである「肉腫（サルコーマ）」に罹患してから一〇年が経ちました。その間に、一九度の手術と五度の放射線治療を経験し、そして、先日初めての抗がん剤治療に挑戦しました。

自他共に認める、がんばり屋？　ちょっと無理をする？　タイプの私は、現在進行形のがん患者でありながらも、まわりの方々に「患者扱い」をしていただかないように、できる限り元気に明るく生きるよう努めてきたと思います。しかし、これまではそれで良かったのですが、体調の悪化により、さすがに「少しまわりの方々にサポートしていただいてもいいかしら？」と、私自身が考えるに至る時が来たのでした。

それは、二〇一五年の六月の初め。肺転移をしていた悪性腫瘍が大きくなって気管を塞ぎ、右肺が無気肺になったのでした。普通に歩くだけで息苦しく、少しでも急ぐものなら息が上がり、それが治まるまでには何分もかかる状態でした。毎日通勤をするのが、本当に苦しく、一苦労でした。「通勤中、少しでも座席に座ることができたらありがたいなぁ」、そう思うようになりました。その後、私は初めての抗がん剤治療を受けることになりました。現在は、抗がん剤は通院治療が主流となっています。なので、通勤だけではなく、治療を受けながら副作用と闘いながらの病院への通院にもつらいものがあります。

そこで、以前から気になっていた「ヘルプマーク」のことを調べてみると、全国共通ではなく東京都独自のものらしく、私にとっては都営地下鉄の駅務室が最も手に入りやすい場所でした。このヘルプマークの趣旨は、「義足や人工関節を使用している方、内部障害や難病の方、または妊娠初期の方など、援助や配慮を必要としていることが外見からは分からない方々が、周囲の方に配慮を必要としていることを知らせることで、援助を得やすくなるよう、作成したマークです」とのことでした。

私は常にヘルプマークのストラップを通勤バッグの見えやすいところに付けています。しかし残念ながら、電車やバスで席を譲っていただいたことは、一度もありません。一度だけ、立っていた女性の方に「大丈夫ですか？」と声をかけていただいたことはあります。これは、その女性の方がヘルプマークを付けていた私を見ていたら、あまりにも苦しそうにしていたので声をかけてくださったようでした。その方は、このヘルプマークの存在と意味を知ってらっしゃったことになります。

東京都独自の「ヘルプマーク」

友人は、「ゆりえさんは一見元気に見えるし、それに、そのマークがかわいいので飾りにしか見えない」と、言います。これが問題なのだろうと考えます。ヘルプマークの趣旨にもあるように、「援助や配慮を必要としていることが外見からは分からない方々が、周囲の方に配慮を必要としていることを知らせること」が重要です。そのためには、マークはかわいい必要はなく、一目見てそうと分かることが大切です。そして、そのマークを周知させることが必要です。これらを鑑みると、全国的に展開され周知されている優先席マーク（かつてのシルバーシートのシンボルマーク）のストラップを全国共通で作成し、必要な方々が身に付けるのが、今のところ最善だと考えています。

しかし、二〇一五年九月一七日、ＪＲ東日本など関東甲信越・東北の鉄道事業者三七社・局は、鉄道車内の優先席付近での携帯電話使用マナーを見直し、従来は「優先席付近では電源オフ」を呼び掛けていましたが、一〇月一日以降は「混雑時には電源をお切りください」に変更すると発表しました。関西圏では、すでに昨年変更をしています。

それまでは、「優先席付近では携帯電話の電源をお切りください」と、電車内でアナウンスがありました。なので、携帯をいじりたければ、優先席以外に座ろうとしたものです。しかしこの一〇月一日から、「優先席付近で電源オフ」は正式になくなりました。優先席で携帯を堂々と使える時が来たのです。もちろん、ペースメーカーをつけた患者さんに影響がないのであれば、それは良いことだと考えます。しかし、だからこそ、今一度、本来の「優先席」の意味を考えてみていただきたいのです。

そもそも、優先席は必要なのか？　優先席でなければ席を譲らなくても良いのか？

という意見もあります。逆に、札幌市営地下鉄では、「優先席」ではなく「専用席」をつくり、一般の方は座れないようになっています。また、車社会である地方では、このような問題認識はあまりないのかもしれません。

「優先」ですから、空いていればどなたが座ってもいいはずです。しかし、本当に必要とする方々がいらっしゃった場合は、「少し」の勇気と思いやりを持って席を譲っていただけたら、本当にありがたいと思います。そのためには、必要とする方々自身もマークのストラップを付けるなどの意思表示をすることが大切です。その「少し」の勇気が、席を譲ってくださる方々への思いやりなのだと考えます。

そう思って、そして「啓発」の意味も込めて、今日も私はヘルプマークのストラップをバッグに付けて通勤しています。

がんとの共存～抗がん剤治療を決意した理由（上）

二〇一五年九月二四日。私は当初から予定していた、最後となる五クール目の抗がん剤投与を受けました。

その日は、朝からタレントの北斗晶さんの乳がん手術が行われており、夜には女優の川島なお美さんの死も伝えられるなど、ニュースが「がん」のことで持ちきりでした。

肝内胆管がんであった川島さんが抗がん剤を拒否していたことや、北斗さんが手術後の適切な時期に抗がん剤治療に臨むことを公表していたこともあり（実際には、一一月四日に投与開始）、それ以降抗がん剤治療に対する様々な意見が飛び交っています。

私は、がん患者の当事者[※3]として、「抗がん剤治療を受けるべきかどうか？」という課題に関する意見を述べさせていただきたいと思います。

私は、がん患者として「一〇年選手」です。その間に、一九度の手術と五度の放射線治療を経験し、そして今回、初めての抗がん剤治療を受けたわけです。

普通なら、最初の手術の後に補助的療法として抗がん剤治療を受けるのではないか？と不思議に思われた方もいらっしゃるのではないかと思います。

実は、私も川島さん同様、否、川島さんよりも長い「一〇年」という期間、抗がん剤を拒否し続けてきたのです。

そんな私が、今回抗がん剤投与に至った過程をお話しします。

私が一〇年もの間、抗がん剤治療を拒否し続けてきた理由は、大きく分けて二つあります。

一つは、私の罹患している希少がんである「肉腫（サルコーマ）」は、元々抗がん剤が効きにくいがん種であるということでした。肉腫の中でも小児期が好発年齢であるもの（骨肉腫など）には抗がん剤がよく効くものもありますが、私のがんである「後腹膜平滑筋肉腫」には効きにくいのが実情でした。もちろん、奏効率[※4]が高いがん種の方は、受けてみる価値があると考えます。

もう一つは、いわゆる「殺細胞性」の抗がん剤投与による吐き気や脱毛などの副作用は、それ以降のＱＯＬ（生活の質）を下げてしまうと考えたからでした。もちろん、「生命」が最も大切なのは言うまでもありません。しかし、私は人前に出る仕事をしているため（競技ダンスの指導・審査、司会業、講演活動など）、副作用によって現在の仕事や活動ができなくなってしまうことを危惧したわけです。「できる限り、これまでと同じ生活がしたい！」というのが、がんと共存しながら生きていく上で、私が最も大切にしてきたことなのです。

これに関連して、ＱＯＬに加え、ＱＡＬＹ（質調整生存年、Quality Adjusted Life years）※5という概念にも着目しました。この観点からも、私の場合は、抗がん剤の副作用による不利益を重要視しました。

このような理由から、「殺細胞性の抗がん剤は使用しない、私のがん種に有効な分子標的薬ができた際（当時は存在しなかった）には検討する」ということを、お世話になっているがん専門病院の電子カルテに記入していただきました。身体中どこにでも転移をしてしまう可能性のある肉腫の特性上、私には主治医をはじめ各部位の外科医や放射線治療医など多数の医師が関わってくださっていますが、このことは医師たちとよく話し合った上で、最終的には自分で決断したことでした。

しかしながら、そうも言っていられない状況になりました。

二〇一五年の六月の初めに、肺転移をしていた悪性腫瘍が大きくなったほか、肺以外でも、再発・転移の箇所が増え、その速度も速くなっていきました。「全身治療」の必要性が出てきたのです。

前述のような理由により抗がん剤治療を拒否してきた私でしたが、とうとう首を縦に振らなければならない時期が来たことを痛感したのでした。

がんとの共存~抗がん剤治療を決意した理由(下)

二〇一五年の六月、抗がん剤に対して初めて前向きに考え始めました。実は、二〇一二年に私の軟部肉腫に対する初の分子標的薬が日本で認可されていたのでした。

しかしながら、お世話になっているがん専門病院が、私の今の状態ではこの分子標的薬はパワー不足であるという理由で、「殺細胞性の抗がん剤治療をする」と、「病院として」の治療方針を決定したのです。そこで、腫瘍内科医から、この抗がん剤に関する詳しい説明を聞きました。

今回の、いわゆる「インフォームドコンセント[※6]」に対して、心情的にはいろいろとありましたが、がんに罹患してから抗がん剤を一〇年間拒否し続けてきた私が、最終的に抗がん剤治療を決意した理由を、いま一度確認しておきます。

一つは、選択の余地がない状態になったことです。右肺が無気肺になり、ただ歩くだけでも苦しい状態で、治療をしなければ悪化するばかりでした。最も大切なのは「生命」だと考えられるかどうか？　そう考えられれば、もちろん残念ではありますが、脱毛などの副作用は副次的なものであると捉えることができました。

次に、今こそ、抗がん剤治療の最善のタイミングではないか、と考えられたことです。私の「肉腫」に対しては奏効率がかなり低かったのですが、再発・転移の速度が速くなって（細胞分裂が激しくなって）おり、その中では効きやすい状態であると考えられました。そこで、「どんなに低くても、可能性があるのなら挑戦してみよう！」と、自分を鼓舞することができました。

もう一つは、支持療法[※7]が以前と較べて、かなり発達していることでした。

副作用である吐き気の程度については、薬の種類や量によっても違い、かつ人それぞれで、やってみなければわかりません。しかし、制吐剤（吐き気止め）で大変良く効く薬が五年ほど前にできたことを知り、制吐剤できっちりと吐き気のコントロールをしてもらうよう、お願いしました。

また、副作用で白血球数が下がった際に、その期間を短縮しかつ早期に上げるようにする注射で、一クールに一度だけのものが、半年ほど前にできたことを知りました。なので、感染症予防のために事前に抗生剤を服用することと、白血球数が下がる前にこの注射を打ってもらうことを、お願いしました。

特に私の場合は、右肺の無気肺のため、感染すると、最も大切にしようとした「生命」自体が「近々に」危うくなるかもしれないことを知らされていました。「もうこれ以上苦しむ必要はないのではないだろうか？　残された時間を楽しく過ごすことは赦されるのではないだろうか？」と苦悩していた私にとって、これは朗報でした。

抗がん剤治療のための入院の前日に、ショートカットにしてラジオ番組に出演した著者

「がん」というのは、たとえ「がん種」が同じであっても、場所や大きさや悪性度などが違い、人それぞれです。同じく、抗がん剤の効き方も副作用の程度も人それぞれです。なので、最善の治療法も、手術なのか？　放射線治療なのか？　抗がん剤治療なのか？　または、その組み合わせなのか？は人によって違ってきます。

　それを見極めるためには、一番は、自分の主治医とよく話し合うことだと思います。他の患者さんの「例」はあくまでも「例」であって、全く同じではありません。また、主治医だけではなく、緩和の医師や病棟医やレジデント（研修医）、がん専門看護師や薬剤師などからも、良いアドバイスをいただけたりします。そうすることによって、今自分にとって最善の治療にたどり着いていければ良いと思います。

　そして、話し合う際に、「自分はどう生きたいのか？　優先順位は何なのか？」ということを、自分自身ではっきりしておくことが必要だと思います。本人がどうしたいのかが分かっていなければ、患者として一番重要な「納得」に到達することができないでしょうし、不要なドクターショッピング[※8]をしてしまうことになるかもしれません。

　価値観も、人それぞれで違います。主治医とよく話し合い、自分の病状やそれに対する治療法などを正しく理解した上で、自分の価値観と照らし合わせて、最終的に自分にとって今「最適な」治療法を選択すれば良いのではないでしょうか?

そして、そうやって自分が納得して選択したことは、結果としてどのようになったとしても、あまねく「すばらしい生き方であった」と尊重されるべきことなのだと、私は「がん患者」の当事者として、そう考えています。

この一年を振り返って

「この一年は困難もありましたが、楽しい一年でしたか?」と、つい先日、二〇一六年の誕生日の直前に、ある友人から尋ねられました。

思い起こすと、確かに、この一年はこれまでで最も困難な一年だったかもしれないことに気づきました。

二〇一五年の二月二一日には自分自身の「一〇年生存」を達成することができ、その翌日二二日には日本武道館において、ブラインドダンス（視覚に障がいがある方のための社交・競技ダンス）の一〇周年記念として「ブラインドダンスエキシビション」を披露することができ、視覚障がい者ダンサーの「夢」を叶えることができました。

そして三月六日の本来の誕生日には、毎年恒例の河津桜を愛でに行くことができました。これらの集大成として、三月一五日にはお世話になった方々をお招きして、「一〇年生存達成記念パーティー」を開催したのでした。

しかし、もちろん、おめでたいことばかりが続くわけではありません。五月には一九度目にあたる手術を受けました。そして、六月に入ると、肺にあった腫瘍が大きくなり、右肺が無気肺になってしまいました。手術は不可能、放射線治療も難しい、ということで、それまで一〇年間拒否をし続けてきた抗がん剤治療に対して、首を縦に振るしかありませんでした。

ちょうど夏の猛暑のさなかに、吐き気や白血球減少、味覚障害や足の爪がはげるなどの副作用を繰り返しました。また、殺細胞性の抗がん剤につきものの「脱毛」は、一クール目を投与してから二週間経った頃から始まり、ちょうど三週間経って二クール目を投与する際にはほとんど抜けてしまいました。

しかし、ありがたいことに、一クール三週間の繰り返しの中、三週目には体調が回復することをうまく使い、そこでライフワークである「いのちの授業」やがん患者支援イベントへの出演、ダンス競技会の審査やダンスパーティーの司会などの活動や仕事をこなしました。もちろん平日には抗がん剤投与日とその次の日に休むくらいで、東京大学の研究室にも出勤することができました。その合間を縫って、近場に旅行に行くなど、人生を楽しむこともできました。

心不全による緊急入院のため、病室で2016年の誕生日を迎えた著者

今思うと、抗がん剤投与終了後の二〇一五年一〇月や一一月が最も体調が良かったように思います。

私のライフワークの一つである「いのちの授業」や地方での講演などにも出かけ、ダンス競技会の審査や司会をこなし、これもまたライフワークの一つであるブラインドダンスの普及や運営に尽力することができました。

しかしながら、一二月に入ると、体調が優れなくなりました。まずは、六度目となる放射線治療を二週間ほど受けました。その後、引き続いて、次の抗がん剤に挑戦するよう、腫瘍内科医からは勧められました。しかし、在学している教育学研究科の修士論文を一月半ばまでに仕上げなければならなかったため、年末年始のお正月休みを返上して、まずは論文執筆に励みました。

おかげさまで、修士論文の執筆が終了し、二〇一六年の一月後半から、新たに分子標的薬の抗がん剤に挑戦しました。この薬は点滴の投与ではなく、毎日の内服薬です。入院をすることもなく、手軽に内服するだけなので、ちょっと甘くみていましたが、吐き気や倦怠感などの副作用がひどく、食欲も無くなり、体重もかなり落ちてしまいました。そして、咳が原因で肋骨が何本か折れて激痛が走ったり、息苦しさが増してきたのです。

すると二月の半ばに、その息苦しさの原因が、以前からの肺の腫瘍が原因なだけではなく、昨年六月から九月にかけて投与した抗がん剤の副作用による薬剤性心筋症だということが判明しました。心不全の状態だったのです。これについては、また詳しく書かせていただきたいと思いますが、実は二〇一六年の三月六日の誕生日は、このために緊急入院をしており、残念ながら病室で迎えたのでした。

このように思い起こしてみると、それは大変な一年でした。しかし、大変な中でも、いろいろな仕事を続け、ライフワークである様々な活動を続けさせていただいていること、学びである大学院を修了させていただいたこと、闘病の合間を縫って小さな喜びを享受できていること、そして何より「今、生かしていただいていること」。

これらのことに深く感謝をして、これからはあまり無理をせず、自分にできることをこつこつと続けさせていただけたら、とこの一年を振り返って願ってやみません。

自分自身の医療環境の見直しを！

二〇一六年の誕生日は病院のベッドの上にいました。それも、お世話になっているがん専門病院ではなく、とある病院の循環器科の病棟にいたのです。

それはいったい何故だったのでしょうか？

二〇一六年一月後半から、新たに「分子標的薬」の抗がん剤に挑戦しました。しかし、副作用や肝機能の数値が悪くなったことにより、結局この分子標的薬の服用は中断せざるを得なくなってしまったのです。また、肺の腫瘍を原因とする咳のために肋骨が何本か折れたり、息苦しさも増してきました。

すると二月の半ばに、この息苦しさの原因が、以前からの肺の腫瘍が原因なだけではなく、昨年六月から九月にかけて投与された殺細胞性の抗がん剤アドリアマイシンの副作用による薬剤性心筋症だということが判明しました。これによる心不全で呼吸困難の状態だったのです。アドリアマイシンに心毒性（心臓に悪影響を及ぼす毒性）があることは知っていましたが、投与した量も範囲内で少なく、まさかこんなことになろうとは自分自身では思ってもいませんでした。

これに対して、お世話になっているがん専門病院では、まずは降圧剤が処方されただけでした。それゆえ一向に良くならず、それから二週間ほどして再度病院に伺った際は、一人で立つことも歩くこともできない状態になっていました。その日は友人に車イスを押してもらって、やっとのことで検査をまわりました。それでも追加で利尿剤を処方されただけで、私は自宅へと帰されました。このような状態であっても主治医が私を入院させなかった理由は、「ベッドに空きがないから」ということと、「この病院に入院してできることは、栄養補給のための点滴だけ」だからとのことでした。

心不全による緊急入院のため、退院後に誕生日を祝ってもらう著者

主治医の指示は「なので自宅で休養をしていてください」とのことでした。

がん専門病院が「がん」の専門なのは、私ももちろん理解をしています。しかしながら、あの一人で立つことも歩くこともできない呼吸困難の状態で病院に来ている患者を目の前にして、そのまま帰宅させるというのはいかがなものでしょうか？　その病院で治療ができないのであれば、近くの循環器科のある病院や知り合いの循環器科の医師へ、電話を一本かけるなりつなぐことはできなかったのでしょうか？　それも、「がん」の治療のために投与した抗がん剤の副作用による心筋症なのです。なので、このようなことは私だけではなく誰にでも起こります。そして、これまでにも起こっており、今後もかなりの確率で起こり得るのです。「がん」専門病院であっても、否、「がん」専門病院だからこそ、この循環器に関する対策を考えなければならないのではないでしょうか？

実は、苦しさが限界に達していた私は、結局その日の夕方、職場である研究室の友人たちによってＥＲ（救急救命室）のある病院へ運ばれ、そのまま緊急入院となったのでした。

このような背景があって、冒頭に書いたように、私は今年の自分の誕生日を、緊急入院をした病院の循環器科の病棟のベッドの上で迎えた次第なのです。

アメリカでは、すでにcardio-oncology（腫瘍循環器学）が進んでいると聞きます。

日本でも最近では、がん専門病院と循環器専門病院や総合病院が提携を始めているようです。しかし、研究には良しとしても、提携している病院間に距離があったりして、現実には臨床にいかされていないのが実情のようです。

「具合が悪くなって病院に来るのは、私の外来の曜日にしてもらえるかな?」。先日、主治医にそう言われました。しかし病状は、患者自身が時と場合を選ぶことなどできません。医療者には、もっと患者目線でものを考え、今回の私の場合のように、自分の病院で治療ができないのであれば、治療可能な他の病院や医師に早急につないでいただくなどの対応を切に希望します。また患者自身も、自分の身に起こり得ることを想定して、例えば、緊急の場合に二四時間三六五日受け入れ可能な病院や医師を確保しておくなど、自分自身の医療環境について今一度顧みる時間を持つべきであると、今痛感しています。

治療再開と「いのちの授業」

二〇一六年五月七日。

この日は、私がライフワークの一つとしている「いのちの授業」の中学校での今年度最初の開催日でした。

しかしながら、実は私はこの日、とある大学病院に入院して、抗がん剤の一種である分子標的薬での治療中だったのです。


中断をしていた分子標的薬ですが、肝臓の数値が良くなり、心不全も落ち着いてきたら、再開したいと願っていました。

しかしながら、この分子標的薬自体が新しい薬であり、わからないことも多く、もしかしたら、この分子標的薬自体にも心毒性があるのではないだろうか？　などという疑問が浮かび上がりました。この懸念のために、私の元々のがん専門病院では、この分子標的薬での積極的治療は再開できない、との結論に達しました。

それからが大変でした。私の「肉腫（サルコーマ）」のような希少がんには、治療法や治療薬も少ないのが実情です。あきらめきれなかった私は、この分子標的薬で積極的治療をしていただける腫瘍内科医や病院を探しました。そして最終的には、病院自体は自宅から少し遠いけれども、以前からセカンドオピニオンをしていただき「信頼」をしていた医師にお願いすることになりました。

治療としては錠剤の分子標的薬を毎日服用するだけなのですが、病院自体が少し遠いことと、心臓を含め体調をきちんと管理していただきながら治療をするために、この病院には「入院」をすることをお願いしました。

こうして、私の分子標的薬での治療は、薬を「減量」（前回の半分）することと、「入院」をして体調管理をしていただくことで、再開することとなりました。

私はこれまで、できる限り、自分でできることは自分でやってきました。そして、なるべくまわりに甘えないようにして、生きてきたつもりでしたし、闘病をしてきました。しかし、四月に自宅に在宅酸素を設置し、外出時には携帯酸素ボンベを持参するようになってからは、ちょっと違ってきたように思います。

ある時、自分が、心身ともに無理をし過ぎていることに、気がついたのです。その時、まわりから少しのサポートをしていただくだけで、心身ともに「こんなに楽なのね」と実感ができたのでした。それからは、まわりの方々に少しずつ甘えさせていただくようにしました。すると、まわりの方々もそのことを喜んでやってくださるのが伝わってきました。みんな、ご自分ができることで、それが誰かのお役に立てるのであれば、これほどありがたくうれしいことはないと思っていらっしゃることがわかりました。

そう、誰もが「私と同じ思いなのだわ」ということに気づき、やはり社会は「持ちつ持たれつなのだわ」と、ここに来て感じている次第です。


それから私は治療のため、四月二七日に、ある大学病院に入院しました。

この際も、入院の荷物を運んでくださる方、車を出してくださる方、病院で待っていて手続きなどを手伝ってくださる方など、たくさんの方々にお世話になりました。入院をしている間も、毎日いろいろな仲間が交代で来てくれては、買い出しをしてくれたり、洗濯機や乾燥機をまわしてくれたりと、お世話をしてくださいました。実はこれまで私は、そんなことをしていただいたことがなかったのです。

「具合が悪い時は、甘えてもいいんだ！」。やっとそんなふうに思うことができ、お願いすることができるようになりました。患者の「一〇年選手」になってやっとたどり着いたという感じです。


実は、そんな入院治療中の五月七日に、ある中学校での「いのちの授業」が予定されていました。

私は主治医にその旨を話し、前日には最終的な外出許可をいただき、病室から中学校、そして中学校から病室へと戻ることになりました。

この「いのちの授業」を実現するために、自宅から服を持ってきてくださったり、病院と中学校間を車で送り迎えをしていただいたり、交換のための携帯酸素ボンべを複数運んでくださったりと、またまたたくさんの方々にご尽力をいただきました。本当にありがとうございました。

「いのちの授業」を始めてから六年。以来初めて、酸素を吸入しながらイス

携帯酸素を吸入しながら、中学校で「いのちの授業」を行う著者

に座ったままお話をさせていただいたことは大変申し訳なく思いましたが、中学生の生徒さんから、すばらしい質問が途切れることなく出ていたことに、とても喜びを感じました。

そして、この日の「いのちの授業」をさせていただけたことを天に深く感謝し、それを可能とさせてくださったすべての関係者の皆様に、心より感謝をしています。

脚注

P. 19

※1　ボールルーム部門には、ワルツ・タンゴ・スローフォックストロット・クイックステップ・ウィンナーワルツの五種目、ラテンアメリカン部門には、チャチャチャ・サンバ・ルンバ・パソドブレ・ジャイヴの五種目があり、合わせて「10ダンス」という。

※2　日本の競技ダンスには階級があり、プロでもアマチュアでもA級を頂点としてB・C・D級と続き、ノービス級（クラスがない）をクリアするとD級選手として登録される。

P. 166～168

※3　著者は、東京大学大学院経済学研究科の松井彰彦教授の「社会的障害の経済理論・実証研究」(REASE) プロジェクトメンバーとして、がんの長期療養者の当事者研究に携わっている。

※4　治療の実施後にがんが縮小したり消滅したりする患者の割合のこと。

※5　簡単に言うと、この場合は、抗がん剤治療を受けないで一定期間生きるのと、抗がん剤治療を受けることによって副作用はあるが生存期間が延びるのとを、質×量の面積で表し、どちらが大きいか（どちらが患者にとって利益が大きいか）を比べる。
QALY：経済評価を行う際に、評価するプログラムの結果の指標として用いられる。単純に生存期間の延長を論じるのではなく、生活の質（QOL）を表す効用値（utility）で重み付けしたもの。QALYを評価指標とすれば、生活の質（質的利益）と生存期間（量的利益）の両方を同時に評価できる。効用値は完全な健康を1、死亡を0とした上で種々の健康状態をその間の値として計測される。例えば、抗がん剤治療をうけた場合に、その後の効用値を0・6とし、5年間生存期間が延長すると仮定すると、QALYは0・6×5（年）＝3（QALY）となる。

P. 169～172

※6　正しい情報を得た・伝えられた上での合意。

※7　がんそのものに伴う症状や治療による副作用に対しての予防策、症状を軽減させるための治療。

※8　精神的・身体的な問題に対して、医療機関を次々と、あるいは同時に受診すること。別名「青い鳥症候群」とも。

あとがきの代わりに

伊藤玄二郎

今日は七月一四日パリ祭の日です。

一昨日、本書の著者吉野ゆりえさんから、「あとがき」を書く体力がありません。代わりに何か書いてくださいとの連絡がありました。吉野さんの健康状態を案じながら今、筆をすすめています。

一九度の手術と六度の放射線治療という過酷な闘病生活の中で、月刊「かまくら春秋」に書き続けてきたのがこの一冊です。私は吉野さんに連載を勧めた編集者であり、吉野さんは同じ星槎大学に籍を置く大切な仲間なのです。

二〇〇五年、競技ダンサーとして活躍していた著者は突然の腹痛に襲われ倒れました。その後、数万人に一人といわれる希少がん「肉腫（サルコーマ）」と診断されました。「肉腫（サルコーマ）」は、当時では、まだ有効な治療法がないとされ、その患者は「五年生存率七％」といわれていました。それを知った著者は絶望感に苛まれます。

私は五種類のがんに罹り四度の大きな手術を体験しました。それは決して楽な日乗ではありません。まして一九回に及ぶ吉野さんの手術はいかにつらいものであったか、私には同じがんの体験者として想像がつきます。

吉野さんはこの試練を「キャンサーギフト」神様からの贈り物という言葉に置き換えました。そして一〇年を超えて病と闘っています。なんと前向きの素晴らしい考えと気力でしょうか。吉野さんはそれだけではなくご自分が直面している希少がん「肉腫（サルコーマ）」の日本初の「サルコーマセンター」の設立に尽力しました。

人間にとって大切なことは「生きる」という時間の経過の中で、いかに生きていくか、そして人生を振り返る時、いかに生きて来たかという自分の確かな足跡ではないでしょうか。

本書は、私たちにとって「生きる」という意味を改めて教えてくれています。

本書は月刊「かまくら春秋」（かまくら春秋社刊）二〇一三年八月号
～二〇一六年六月号に連載されたものを単行本化したものです。

吉野ゆりえ（よしの・ゆりえ）

大分県出身。筑波大学国際関係学類卒業。東京アナウンスアカデミー・アナウンス専攻科修了。元ミス日本。

大学入学と同時に競技ダンスを開始し、在学時にプロに転向。卒業後、ダンスの本場イギリスに留学する。10年にわたり日本と海外を行き来しプロダンサーとして活躍。

2005年、希少がん「肉腫（サルコーマ）」と診断され、闘病生活がはじまる。その後、日本初のブラインドダンス大会開催や「サルコーマセンター」の設立に携わる。

また、一時東京大学医科学研究所に在籍し、医療と経済に関する研究を行う。2016年には闘病しながら星槎大学大学院で修士号を取得した。

星槎大学教養シリーズ2
三六〇〇日の奇跡
「がん」と闘う舞姫

著　者　吉野ゆりえ

発行者　中山康之

発　行　星槎大学出版会
神奈川県足柄下郡箱根町
仙石原七一八－二五五
電話〇四六〇（八三）八二〇二

制作・発売　かまくら春秋社
鎌倉市小町二－一四－七
電話〇四六七（二五）二八六四

印刷所　ケイアール

平成二十八年八月二日　発行

ISBN978-4-7740-8004-8 C0095